續修臺灣府志卷十八

欽命巡視臺灣朝議大夫戶科給事中紀錄三次六十七　同修
欽命巡視臺灣朝議大夫雲南道監察御史加一級紀錄三次范咸
分巡臺灣道兼提督學政覺羅四明
臺灣府知府余文儀　續修

物產二　草木　鳥獸　蟲魚

草木

梅　桂臺所種者惟月桂自內地來　海棠自內地來　仙丹一名山丹其花一朵百蕋狀如繡毬色絳四月開花至八月尚爛熳　蘭種類不一　紫荊　芙蓉　刺桐垂陰如梧桐幹多生刺　樹蘭有四葉六葉二種　指甲木本色碧而花細搗其葉染指甲同鳳仙　石榴　夾竹桃　水錦花　唐棣　長春　麗春　佛桑葉似桑四時長

開有朱紅淡黃二色單葉者日照殿紅　雞爪蘭花似金粟開于夏秋之間即內地珍珠蘭　桃花開百葉有大紅淺紅碧緋數種又有三月淚者三月始開　茉莉有百葉單葉又有來自廣南者名番茉莉花開百葉蕋大數倍更佳　金絲蝴蝶花黃色狀如蝴蝶華彝考謂之金莖花　蜀葵　玉樓春即百葉黃梔花有香而不結實　荷　菊　玉芙蓉　賴桐一名龍船花葉頗似桐繁花鮮紅如火　番蝴蝶葉畧似夜合花中紅外黃似蝶有鬚一枝可數蕋四季長開臺産　紫薇　金錢花花紅午開子謝一名子午花北戶錄來自毗尸沙國　美人蕉似蕉而小有紅黃二種　水仙自內地來　臙脂花有紅黃白及五色四種夏秋開　夜合　番瑞香蔓生花微綠一簇數蕋香甚清遠夏月盛開　番花　噴雪花白蕋點點如雪　鹿葱一名萱草　月下香其花夜開香烈因名　雞冠花　老來嬌一名雁來紅　曇花有紅白一種　向日葵又一種名秋葵　素馨蔓生花白而蕋小清香異常　菟絲一名凌霄蔓生色鮮紅朝開暮謝　鳳仙一名金鳳　剪絨　繡綵色白一華數十蕋圍圓湊合如簇毬

藤本 錦竹叢生高尺許花如繅錦一名石竹 萬壽菊 蓮蕉花出蕉心色鮮紅經月餘始謝 千日紅 山梔 蓼花 斑支斑或作攀先花後葉二三月盛開絳色遠望如紅霞障天花落而實中有棉爲褥宜于暑 刺毬以下十種舊志不載今補入詳見附考 鐵樹

花 貝多羅 倒垂蘭 迎年菊 含笑 獻歲菊

七里香 月桃 交枝蓮○以上花之屬

附考

扶桑花一名佛桑廣羣芳譜云東海日出處有扶桑樹此花光艷照日其葉如桑因以比之後訛爲佛桑乃木槿別種又云高四五尺枝葉婆娑葉深綠色光而厚花有紅黃白三色紅者尤貴呼爲朱槿稽含草木狀云扶桑花深紅色五出大如蜀葵重敷柔澤有蕋一條長如

花葉上綴金屑日光所爍疑若燄生一叢之上日開數百朶朝開暮落自五月始至冬乃歇插樹即活今臺地有二種單葉者深紅與草木狀所言同其千葉者所見有紅黃二色與羣芳譜合范侍御浣浦有二絕句云秾是江鄉木槿花千尋照殿炫紅霞生來不遇繁霜雪穠艷經年向客誇桃腮杏臉襯朝霞那信紅顏薄命嗟兩樹新粧爭靚勝老夫無月不看花臺海采風圖孫司馬元衡有扶桑詩云曉空處處佛桑燃寒煖花魂總放顛四時常開大海東頭當曉日丹山脚下對晴烟眼明五月朱榴火泪濺一春紅杜鵑粉白嫩黃相耿發遣情將向洛陽天王漁洋先生云余使東粵欲作佛桑詩而

未果秖得二句云懷人二月小寒食照眼一枝紅佛桑見湘南詩令我爽然自失赤嵌集

莿毬花本高數尺有莿土人植以爲籬秋冬開黃花如小鈴細攢如絨毎露氣晨流芬香襲人結子似豆有莢其葉秀整相次根可染絳一名番蘇木臺海采風圖

消息花色黃形如洽耳器孫元衡九日詩云黃菊難尋處士家也無楓葉受霜華海東秋思知多少爲問牆邊消息花赤嵌集

莿毬身多刺花黃色似菊而小臺調之消息花又名牛角花以其刺相偶如牛角也諸羅志

茉莉花千層大如菊孫元衡有詩云名花聞道出南荒

親到南天聞妙香弟是素馨兄是菊澹烟如水月如霜佳人小立畫廊西紈扇迎風手自攜雪瓣恐敎蟬翼重縵華應遣鳳頭低却月盆中向晚芳瑤臺誰與散天香殘魂消盡同禪寂不覺瓊花在枕旁同上

茉莉最易栽植番茉莉較大種自東埔寨來花徑寸百餘瓣早晚街頭有連十餘蕋簽成一枝有連數十蕋爲一串買置牀榻殊有妙香赤嵌筆談

番茉莉一花千瓣望之似菊既放可得三日觀不似內地茉莉暮開朝落然香亦少遜焉稗海紀遊

三友花土稱番茉莉又稱番梔子或稱葉上花孫元衡有詩云爭迎春色耐秋寒開向人間歲月寬嫩蕋澹烟

籠木筆（蕋似木筆而小）細香清露滴金盤繡成翠葉爲紋巧（葉有紋如繡）蔕並叢花當友看（一枝必三四朶若相友云）日日呼童堦下掃濃陰恰覆曲欄干（同上）

鐵樹花狀如竹絲燈籠廣張千瓣瓣各一花孫元衡有詩云黒入太陰根幹老翠生鳳尾葉橫斜紗籠瑣細玲瓏雪道是千花是一花（赤嵌集）

午時梅色紅午開子落孫元衡有詩云葵葉梅英並可誇枝枝絳雪受風斜道人不語先天事開落庭前子午花（同上）

金絲蝴蝶花黃片紅點拳曲多鬚似蛺蝶趣人之致孫元衡有詩云流岩春光爛熳枝翩翻似醉更疑癡家家

一樹錦蝴蝶是夢是花人不知（同上）

曇花一枝數十蕋一蕋長七八寸花六出外紫內白頗似蓮花亦有白色者摘置几案間經時畧不損壞花蕋仍然開放是一異種葉叢生如帶濶五寸許傍生方莖著花高五尺許花色純紫法華寺有數本僧家言是西方小種孫元衡有詩云一叢優鉢曇花好移得西天小本來日色烟光浮紫氣凌空誰爲築瑤臺（使槎錄）

曇花夏開張鷺洲詩云採自猊牀象座前紫雲一片映青蓮優曇不是人間種色相應歸忉利天（瀛壖百詠）

曇花卽優鉢羅花草本種出西域有紫白二種青葉叢生或一年數花或數年不花懸莖包裹狀若荷蕋中攢

十八朶每一日開一朶梵刹多植之取十八羅漢之義也范浣浦侍御有詩云一莖數蘤盡叢生粉暈檀心畫不成靜態雪花堪比潔（其花六出）幽香蓮葉與同淸（香似蓮）已蠲穢艷消塵刼應散諸天入梵聲傳是西方來小種淨因我亦未忘情（臺海采風圖）

番繡毬蔓生葉厚可一錢花白色底瓣似通草為之心微紅而堅明亮如磬孫元衡有紅繡球詩云玲瓏煖玉更施朱錦繡成團綴幾枝絳雪即今零落盡餘枝猶是小珊瑚（使槎錄）

貝多羅花木本種自西洋葉似枇杷梵僧用以寫經枝皆三叉花瓣六出香似巵子臺人但稱為番花不知為

貝多羅也范浣浦侍御有詩云已兼蝶粉與蜂黃更裏依微紫絳囊（花外微紫內白近心蘤黃）葉似欵冬稜較健（葉大花而厚）開盛夏氣微香 叢蓓蕾盈枝發半卷婀娜小瓣長可是貝多眞色相閒書梵字午風涼（臺海采風圖）

張鷺洲貝多羅花詩云奇英六出幹三叉簷蔔香中嗅露華曾識僧龕經葉而今始見貝多花（瀛壖百詠）

貝多羅花大如小酒杯六瓣瓣皆左紐白色近蘤則黃有香甚縟落地數日朶朶馡芬不敗（使槎錄）

斑支花一作斑枝以枝上多苔文成鱗甲也較茶花尤大色深黃蓓蕾堅厚結實如錦陳觀察子京云即係木棉粵西花更大色紅為稍異耳（同上）

樹蘭樹高大花細碎如黍米色黃一年數開種出暹羅者爲暹蘭臺灣志畧

木蘭花如粟淡黃芳似珠蘭樹本大者圍數尺名樹蘭孫元衡有詩云清芬殊絕世不與衆芳同香溢珠蘭畹黃先月桂叢交枝深照席一夏雨溫風天意特相贈憐余大海東使槎錄

雞爪蘭亦名賽賽蘭花如金粟開於夏秋之間王敬美曰賽蘭蔓生樹蘭木本其香皆與蘭同臺灣志畧

鷹爪蘭一名油蘭花似蘭無心香味滯膩嗅之令人作惡結子如棗一叢二十餘枚攢簇如桃名鷹爪桃使槎錄

鷹爪蘭蔓生葉似桂花瓣或五六八九不等有兩層以

下層補上之缺處香味甚濃郁子如青果數十枚相疊相比成團入土種之遲久始發芽折其枝插地亦可活臺海采風圖

倒垂蘭出北路內山枝屈曲如梅葉似萱短而厚不著土取一枝挂簷陰雨露所及處自能生根抽芽出葉開花花如蘭色黃碧微香同上

水仙花歲底盛開一本五六莖一莖可十餘蘤鮮芳絕倫廣東市上標寫臺灣水仙花頭其實非臺地產也皆海船自漳州及蘇州轉售者蘇州種不及漳州肥大范浣浦有詩云霓裳翠柏剪吳綾烟霧輕籠弱不勝綽有風神凌海嶠憐他冷豔鬬春冰銀盤皎潔還疑雪金盞

嬌嬈好試燈擬與梅花同配食水仙王廟最相應同上

美人蕉花紅黃二種黃者尤芳鮮可愛四時不絶有高丈餘者子堅黑或作小念珠孫元衡有黃美人蕉詩云美人名自香山贈珍重叢生琥珀芽纔省漢家宮樣好澹烟斜月見新花同上

蕉有芭蕉金蕉芭蕉不結子金蕉花如蓮色紫不鮮每花結子一梳名蕉果同上

月下香葉似鹿葱其花白夜有奇香晝則斂孫元衡有詩云風引清芬暗裏來素花隱約傍莓苔貪迎月露飄香滿更領蟾蜍死魄開赤嵌集

迎年菊與秋花無異惟紫色一種開歷冬春故曰迎年孫元衡有詩云寒花老圃結綢繆翠羽金莖紫靺浮酒

借朱萸迎栢葉詩將秋思赴春愁同上

花不應候余壬寅仲冬按部北路至斗六門見桃花方謝菜花初黃旣至笨港見人擎荷花數枝及回寓館榴花亦照眼癸卯二月桂正芳菲八月桃又花信不可以時序限之使槎錄

張鷺洲侍御有詩云少寒多燠不霜天木葉長青花久妍眞箇四時皆似夏荷花度臘菊迎年瀛壖百詠

臺地少寒多燠花開無節惟菊至冬乃盛開至二月蘇子瞻在海南以十一月之望與客汎菊作重九會有云嶺南地暖百卉造作無時而菊獨後開考其理菊性介

烈不與百卉並盛衰也 赤嵌筆談

范浣浦有元旦後四日莊副使齋頭見菊花詩云迎年何事更爭新怪底負成海外春花歷三時如熱客莫開五葉儼浮塵幽姿豈必誇顏色艷景難教信戀淪輸與寒梅仍應候孤芳不肯早呈身 婆娑洋集

刺桐葉如梧桐其花附幹而生側敷如掌形若金鳳枝幹有刺花色深紅嵇含草木狀云九眞有刺桐布葉繁密三月開花赤色照映三五房凋則三五房復發陳翥桐譜云刺桐生山谷中文理細緊而性喜折裂體有巨刺如欓樹其實如楓 廣羣芳譜

刺桐樹高大而枝葉蔚茂初夏開花極鮮紅如葉先萌

而花後發主明年五穀豐熟 温陵郡志

刺桐花色紅如火環繞營署春仲始花一望無際實爲臺郡大觀故稱刺桐城孫元衡有詩云春色燒望白海涯柳營繞遍到山家崑崙霞吐千層豔華嶽蓮開十丈花百朵紅蕉簇一枝偶然著葉也相宜烟籠絳羽鸚哥舞雲南稱爲鸚哥花信是春城火樹奇 赤嵌集

土人相傳辛丑之變刺桐無一著花 臺海采風圖

赬桐身青葉圓大而長高三四尺便有花成朵而繁紅色如火爲夏秋榮觀 廣羣芳譜

赬桐自初夏生至秋蓋草也葉如桐其花連枝萼皆深紅色俗呼貞桐花 南方草木狀

頳桐本高不盈丈葉似桐花紅如火一穗數十朶五月開最盛士人于競渡時必採數枝供瓶案故俗又名龍船花開至九月方止結子色藍子老而花瓣尚未凋（臺海采風圖）

含笑花五瓣淡黃色鶯爪花青色形與鶯爪與含笑花俱香同鳳梨（臺灣志畧）

仙丹花色紅一朶包百蘂似繡毬花無香自四月開至八月爛熳如霞彩種出粵東潮州之仙丹山世傳昔有黃氏女經過遺落鬢插紅瓣後滿山皆發此花故名（臺海采風圖）

獻歲菊立春始開其性尤殊凡菊（臺海志畧）

七里香木本一名山柑花叢生如柑葉似珠蘭花五瓣色白香氣濃郁可越數十武六月結實大如豆末尖先綠而後紅一枝排比數十如緋珠能辟烟瘴所種之地蠅蚋不生臺產也（臺海采風圖）

范浣浦有七里香詩云翠蓋團團密葉藏繁花如雪殢幽芳分明天上三珠樹散作人間七里香丹桂婆娑猶入俗繡毬攢簇太郎當何如瓊島嫣然秀采掇還傳辟瘴方（婆娑洋集）

素馨臺產藤與花葉頗相似多在各社竹叢中或樹下陰密處藤蔓竹木花潔白如雪二三月間開香氣清幽飛越色不變黃四月而歇不似廣閩所植每月常開也

沈文開雜記
月桃葉似蓮蕉花黃白色倒垂香而濁一莖可數十蕊
臺產五月始開端午日取其葉以爲角黍摘花插小兒
髻上又名虎子花諸羅縣志
蓮蕉花出蕉心狀如荷鮮紅可愛經月不謝張鷺洲詩
云亭亭清影綠天居扇暑招涼好讀書怪底彈文出脩
竹美人顏色勝芙蕖瀛壖百詠
蓮蕉似美人蕉而花之大數倍絕如蓮其花從葉中抽
出無莖花之杪微綠似葉云粵中有之范浣浦有二絕
句云奇花多變態顏色紅于火風物類海南不似鶯花
妥已長葉中花更生花上葉我欲剝蕉心酒痕映雙頰

臺海采風圖
交枝蓮藤本花五瓣白色其莖五相縈繞午開末謝同上
西瓜暑時多內地來臺產種于深秋熟于隆冬乾隆二年定福建督撫每年正月各進瓜十圓 檨紅毛人從日本國移來樹高多陰實如猪腰盛夏大熟即外國所載南方有果其味甘其色黃其根在核是也 龍眼
波羅蜜亦荷蘭國移來者實生樹幹大如斗皮似如來頂剖而食之味甘如蜜 鳳梨葉似蒲而濶兩傍有刺果生叢心皮似波羅蜜而色黃味酸甘末有葉一簇因形狀類鳳故名 椰子樹高數丈直起無枝其實大如寒瓜外有粗皮皮次有殼圓而堅可作瓢及酒器肉在殼內色白味似牛乳中含漿如酒曰椰酒性能敗胃不堪多食又有椰油出安南嶺南州郡有之吳都賦檳榔無柯椰葉無蔭 檳榔即向陽曰檳榔向陰曰大腹實可入藥一穗子數百粒秋末採食至二三月乃盡實如雞心和荖藤食之能醉人可以祛瘴
桃 梅 李 石榴 番石榴郎梨仔茇 柑子蜜形似補細如橘和糖煮作茶品 番柿形似柿皮有毛俗呼爲毛柿西域種 柚實大而皮厚味稍遜內地 柑橘屬有仙

柑紅柑雪柑盧柑九頭柑數種郡產推紅柑仙柑居多　橘一年相續名曰公孫橘又有四時橘味酸　葡萄　蕉子　香櫞　桄榔子結實五月熟土民即種埔占子若多生歲亦有年　甘蔗性溫味甘有紅白二種又小者名曰竹蔗煮汁成糖幹　菱　菩提果俗名香果花實青黃味甘而香　佛手柑臺郡產者較大于內地不甚香　釋迦果樹高出牆實大如柿碧色紋縐如釋迦頭味甘而膩熟于夏秋之間　木瓜臺產逈異內地木本一幹直上無旁枝實生幹上四面旋繞皮色深青土人醃醬以為菜甚佳能療足疾　梧桐子□以上果之屬

附考

西瓜盛於冬月臺人元旦多啖之皮薄瓤紅可與常州並驅但遜泉之傅霖耳稗海紀遊

臺鳳兩邑每年分進上西瓜八月下種十一月成熟氣候之異真不可以常理測也臺灣志畧

檳榔不與椰樹間栽則花而不實孫元衡詩云竹節欆一根自一叢連林椰子判雌雄醉醒饑飽渾無賴未必於人有四功扶留藤脆香能久古賁灰勻色更嬌人到稱翁休更食衰顏無處著紅潮赤嵌集

棗子檳榔即廣東雞心粵人俟成熟取子而食臺人於未熟食其青皮細嚼麻縷相屬即大腹皮也中心水少許尚未成粒間有大者剖視其實與雞心無二或云粵人食子臺人食皮一色青者為雄黑臍者為雌雄者味厚雌者味薄顆向上長者尤貴蠣房灰用孩兒茶或椎仔蜜染紅合浮留藤食之按范石湖集頃在嶠南人好

食檳榔合蠣灰扶留藤一名蔞藤食之輒昏已而醒快三物合和唾如膿血可厭蔞藤一作浮留藤土人誤作爲荖字釋無荖字臺地多瘴三邑園中多種檳榔新港蕭壠麻豆目加溜灣最多尤佳七月漸次成熟至來年三四月則繼用鳳邑瑯嶠番社之檳榔乾 赤嵌筆談

張鷺洲有詩云丹頰無端生酒暈朱唇那復吐脂香饑餐飽嚼日百顆傾盡蠻州金錯囊 瀛壖百詠

種檳榔必種椰有椰則檳榔結實必繁椰樹葉少林高椰子外裏粗皮如椶片內結堅殼剖之白膚盈寸極甘脆淸漿可一椀名椰酒東坡詩美酒生林不待儀此也

廣東志椰心色白而甘在酒中大小不一凡揀椰子以手搖之聽水聲淸亮則心大而甜其肉厚水聲濁則否蓋椰心以水而養無水則無心往往而是又有椰油可佐膏火或云用火炙椰其油自出療齒痛凍瘡極效 同上

檳榔形如羊棗力薄味遜滇粵 稗海紀遊

檳榔樹直無枝高一二丈皮類青桐節似筋竹葉皆上豎猶如鳳羽臨風旖旎甚可人目葉脫一片內現一包數日包綻即開花二三枝淡黃白色朵朵連珠香芬襲人實附花下形圓而光宛若棗形自孟秋以至孟夏發生不絕與椰肉香藤蔞根夾灰同啖惟六七月始無臺人以熏乾者繼之 臺灣志略

檳榔高數丈花細實如青果在葉下幹上攢簇星布椰

樹幹葉亦似之但其實大如瓜中有瓤味香白如雪脆如梨其液亦酒切實和檳榔啖之六七月熟可採番人跳而上扳援矯捷名曰猱採番社采風圖

波羅蜜狀如如來頂中分十數房似蓮瓣抱生其色黃其味甘房各一實其色白煮食似栗孫元衡詩云波羅門下樹亭亭香蜜成房子更馨解是西來眞善果十方供奉佛頭青赤嵌集

張鷺洲詩淸果菩提繞室馨金包柑橘麗繁星更憐斗大波羅蜜磥砢眞同佛髻青瀛壖百詠

波羅蜜一名優鉢曇廣東志南海廟中舊有東西二株高三四丈葉如蘋婆而光潤蕭梁時西域達奚司空所

植他所有皆從此分種生五六年至徑尺削去其秒以銀鍼釘腰即結實成實乃花然常不作花故佛氏以優鉢曇花爲難得每樹多至數十實自根而幹而枝條皆有實纍纍疣贅若不實則以刀砍樹皮有白乳湧出凝而不流則實一砍一實十砍十實故一名刀生果熟以盛夏大如斗重至三四十斤皮厚有軟刺礧砢如佛頭旋螺肉含純瓤罥疊如橘柚囊氣甚芳郁有乾濕苞之分乾苞者液不濡膩味尤甜每實有核數百枚大如棗仁如栗黃爍熟可食能補中益氣悅顔色志云色綠似如來頂液粘如漆是已其子却似橡實每一子爲一房熟而食之味似百合子不可生食瓤可生食亦不甚甘

美終不似橘柚味佳也土人用波羅蜜子煨肉黃梨煮肺亦海外奇製赤嵌筆談

釋迦果似波羅蜜而小種自荷蘭味甘而膩微酸夏盡秋初熟一名番梨沈光文詩稱名頗似足誇人不是中原大谷珍端爲上林栽未得只應海島作安身諸羅縣志

佛頭果葉類番石榴而長結實大如拳熟時自裂狀似蜂房房房含子味甘香美子中有核又名番荔枝臺灣志畧

鳳梨通體成章抱幹而生葉自頂出森若鳳尾其色淡黃其味酸甘孫元衡詩云翠葉葳蕤羽翼奇絳文黃質鳳來儀作甘應似鐘籠實入骨寒香抱一枝赤嵌集

黃梨實生叢心味甘微酸葉攢簇參差有如鳳尾其皮

鱗起故又名鳳梨盛以瓷盤其香滿室臺灣志畧

黃梨葉似蒲而短濶兩旁如鋸齒其實色黃瓤如鱗甲形似甜瓜味甚甘酸濟芬襲人臺海采風圖

粵西以波羅蜜爲天波羅黃梨爲地波羅居易錄謂黃梨曰黃來八月熟長可尺許味尤甘香其樹類蕉實生節間按黃梨長止五六寸草本叢生根下葉似萱兩邊如鋸齒頂上葉小攢簇如雞帚謂其樹類蕉非也赤嵌筆談

香果花有鬚無瓣其色白其實中空狀如蠟丸孫元衡詩云但有繁鬚開爛熳曾無輕片見摧殘海天春色誰拘管封奏東皇蠟一丸赤嵌集

臺地夏無他果惟番檨蕉子黃梨視爲珍品春夏有菁

提果一名香果芳馨極似玫瑰果當以此爲第一赤嵌筆談

菩提果係西域分種實如枇杷味甘而香臺灣志畧

羨子俗稱番蒜或作檨其種云自佛國傳來孫元衡詩云千章夏木布濃陰望裏纍纍檨子林莫當黃柑持抵鵲來時佛國重如金赤嵌集

檨種自荷蘭切片以啖甘如蔗漿而清芬遠過之沈文開雜記食畢棄核于地當月即生核中有子或一粒或粒如豆之在莢葉新抽杪紅若丹楓老則變綠諸羅縣志

番檨大者合抱高凌雲葉濃花微白朶小有香結實皮綠肉黃其氣辛熱其味酸甘入肝補脾臺產也切片醃久更美名曰蓬萊醬臺海采風圖

番檨肉與核粘味甘色黃盛夏大熟臺灣志畧

檨三種香檨木檨肉檨香檨差大味香不可多得所食者木檨肉檨晒乾用糖拌蒸亦可久藏臺人多以鮮檨代蔬用豆油或鹽同食北路自半線以上則絕無矣字釋無檨字色味似杏或是番杏誤作檨赤嵌筆談

檨實大如猪腰子葉尖長居易錄作番蒜五月熟大如蘋婆味甘香多津液樹大而葉圓非是同上

檨種自荷蘭樹高大可蔭張鷺洲詩云參天高樹午風清高實纍纍當暑成好事久傳番爾雅南方草木未知名瀛壖百詠

甘蕉葉與蕉類中心出花層層吐瓣紅紫可愛結實聯

綴百餘顆兩兩相對猶若貫珠色黃白味甘頗似香瓜臺灣志畧

甘蕉俗名牙蕉亦名荊蕉南方草木狀實隨花每花一闔有十餘子先後相次子不俱生花不俱落諸羅縣志

牙蕉即芭蕉中之一種不甚高約長六七尺結子每莖百餘始綠熟則黃味極甘美閩廣二省有之他省亦間有生者臺海采風圖

蕉果一枝五六層每層數十枚排比而生剖食味亦甘異物志載羊角蕉子大如手拇指長而銳有似羊角者此也南方草木狀蕉子房相連累甜美亦可蜜藏臺地村舍後每廣植之四時皆生耤以獲利性寒婦人產後每以蕉果少許置兒口中謂能清熱同上

龍眼顆小味薄六七月熟荔枝皆自內地來藍總戎廷珍每貽漳州狀元紅紫綃王虞甘如醴酪每以海上風阻不得日食三百殊爲憾事赤嵌筆談

荔枝興化漳浦產者爲上臺地率自海船攜來一日夜可至味香色猶不變孫元衡詩云頗怪繁星謫軟塵筠籠將出故鮮新味含仙意空南國姿近天然是美人丹嶠潛胎珠玓瓅脂膏滿綻玉精神一時喚起狂奴興萬事灰心渡海身不受鹽欺與蜜侵驪人新摘自沉吟輕紅照肉白凝齒芳氣襲魂寒沁心笑後左車生小慍山谷題楊妃病齒圖多食側生損其左車塋中飛騎更相尋南楊麤醜北盧拙

廻避賴珠出寳林范浣浦詩云絳羅衫子雪肌膚一種香甜絶勝酥消渴液寒青玉髓脫囊盤走水晶珠阿環風味差堪擬盧橘芳名亦少殊飽啖拚教烟爨絶不辭人喚作狂奴江家色綠宋家紅曾識端明譜牒中到此得嘗過玉食東坡荔枝詩玉食遠莫數無勞想象判丹楓詩才漫說窮騷雅興味猶應儗上公萬事灰心殊不惡謂孫詩只愁海颶阻筠籠臺海采風圖

番石榴俗名莉仔茇郊野徧生花白頗香實稍似榴雖非佳品臺人亦食之味臭且澀而社番則皆酷嗜焉臺灣志畧

番木瓜直上而無枝高可一二丈葉生樹杪結實靠幹墜於葉下或醃或蜜皆可食樹本去皮醃食更佳臺灣志畧

木瓜樹幹亭亭色青如桐每一枝一葉葉似萆蔴大者尺餘花白色生枝椏間瓜凡五稜無香味居民用鹽漬以充蔬諸羅縣志謂毛詩投我以木瓜即此殊非投果譜木瓜一名楙一名鐵脚梨樹叢枝葉花俱如鐵脚海棠葉光而厚春末花開紅色微白實如小瓜或似梨稍長色黃如著粉津潤不水者為木瓜此地所產與內地木瓜絶不類豈可以稱謂偶同遂妄為引據乎赤嵌筆談

番薑木本種自荷蘭開花白瓣綠實尖長熟時朱紅奪目中有子辛辣番人帶殼啖之內地名番椒更有一種

結實圓而微尖似柰種出咬𠺕吧內地所無也（臺海采風圖）

香櫞初夏即熟長似木瓜上下微尖拌蠟勻檀皷軟圓皺稍遜矣（赤嵌筆談）

楊梅如豆桃李味澀不足珍番石榴不種自生臭不可耐而味又甚惡（裨海紀遊）

番柑種自荷蘭大於番橘肉酸皮苦荷蘭人夏月飲水必取此和鹽搗作酸漿入之多樹園中樹與橘無異沈文開詩云種出蠻方味作酸熟來包燦小金丸假如移向中原去壓雪庭前亦可看（沈文開雜記）

臺產柑橘味俱酸有公孫橘前生者紅後生者青花實四時相續沈文開雜記番橘出半線與中原橘異大如金橘肉酸皮苦其詩云枝頭儼若掛繁星此地何堪比洞庭除是土番尋得到滿筐攜出小金鈴（瀛壖百詠）

松（臺惟水沙連內山有之土番間有售茯苓于市者） 栢 樟 楠 桐（北路多有） 厚栗（本名猴栗木性甚堅可為棟樑） 百日青（俗名土杉雖枯而色尚青也） 柳（諸羅志稱臺有御柳幹赤細條亦名埀絲郡中未見） 赤鱗（赤色皮鱗質堅入土難朽大者可為車心） 烏栽（皮帶黑色中白大而不堪器用止可供薪） 象齒（木硬而直白文如象齒） 埔柹（樹如柹無花實） 山荔（樹如荔無花實） 烏柏（北路不多產） 荆（俗名埔荆小木叢生枝莖婆娑有五葉七葉） 槺榔（幹直無枝其顛生葉不過數十結子作穗生木端其葉臺人以為帚本出九真交趾） 樸仔樹（樹如苦茶葉晒乾用擦錫器犀角象牙等物） 鹿仔草樹（即楮也皮搗爛可作紙臺不造紙以其枝葉為鹿所嗜因名之） 櫻（即栟櫚） 破故子（葉似梧桐而小結子如若楝） 番豆（大至合抱高數丈結子如豆莢） 榕（大者垂條可十餘丈多根故易茂而難拔不材故寡伐而長壽） 楓 椿 楝（葉似楓而尖） 白樹（樹高

蓉三四月開小緑花懸穗三四十朶相比臺海采風圖

㕹人狗其木甚鬆手掐之便長條迸起可爲火具高丈餘葉長大似烟葉有毛刺刺人入毛孔甚癢搔之發紅腫痛一晝夜方止同上

林投樹幹直皮似栟櫚其裏骨極堅花紋斑駁可作箸并檳榔或月琴三絃等樂器心空從根結棕絲直貫至頂葉靑而長兩旁皆刺花似蘆荻結實類鳳梨熟後深黃擘開顆顆如金鈴番衆以線串貫纒額上爲飾并啖之其在花時則摘其花以盤咢同上

林荼樹高至丈餘結實類波羅蜜不堪食種之園邊衛宅之功等于刺竹臺灣志略

刺竹高四五丈旁枝橫生而多刺堅利人不敢犯茅屋取爲欉柱器物資之其用甚廣　長枝竹一名竄脚綠椅棹床椈皆資其用　鳳尾竹俗呼觀音竹　麻竹比刺竹尤大質不堅韌車籠糖籠倉笨等物恣資用之　空涵竹產山中高二丈許圍二三寸無旁枝草屋用以爲桷　欉竹皮似欉而節密高不滿四尺　蘆竹似黍生水涯濕處　筀竹大者圍二尺長四丈出竹塹岸裏社笋極佳　石竹大如筀竹可爲器出樸仔籬等社　金絲竹一名箭竹大如小指出樸仔籬等社土番以爲箭　珠籬竹高丈許如指大用以編籬　七絃竹以下二種舊志不載今補入詳見附考　面竹○以上竹之屬

附考

竹亦可爲器用但質薄劣蛀蟲易生不能經久遍處皆竹數十竿爲一叢遠望若柳絕無蕭疎之致赤嵌筆談

刺竹番竹種也大者數圍葉繁幹密有刺似鷹爪梹堅

荖草蔓生葉如田薯莜采而長延袤十餘丈花類匾蠶綠色味辛根爲老藤色粉紅取切片夾檳榔食之甚香花葉和食根葉花味各別臺海采風圖

羞草葉生細齒撓之則垂如含羞狀故名孫元衡有詩曰草木多情似有之葉憎人觸避人啞也知指佞曾無補試問含羞却爲誰赤嵌集

龍舌草俗名蘆薈形如舌旁有刺液如油諸羅縣志

龍舌草長徑尺許厚半寸中有稠汁閨中取以潤髮實擅膏沐之長臺灣志畧

紅毛茶乃艸屬黃花五瓣葉如瓜子亦五瓣其根如藤刨取曬乾或遇有時氣不快熬茶飲之則愈同上

薑黃叢生葉似美人蕉其根似薑取以染繪臺海采風圖

七絃草叢生如稻秧其朶如蘭有直紋似絃界限分明白與綠相間至冬則白變紅土人蒔植以充盆玩同上

浮留藤即蒟說文蒟蔓生子如桑椹苗爲浮留藤左思蜀都賦所謂蒟醬取其子爲之粤人夾檳榔用葉臺人憎其辣獨用藤俗名荖藤產內山近出蕭壠社者最佳削皮脆如蔗子如松糁初吐俗號荖花橫切小片紋白點點如梅花更香烈類雲南蘆子按荖正韻無此字或作蔞亦非諸羅志

天門冬　麥門冬　土茯苓俗呼山尾薯　鹿茸　麋茸麋鹿之大者鹿茸補陽麋茸補陰　鹿角膠　鹿角霜即煮膠之角渣也　硫磺　海鰾鮹

穿山甲即鯪鯉　柑𣏌小兒口瘡煎水洗愈　林茶𣏌即林投之實肉有紅白二色痢疾紅
者用紅白者用白　三柰類薑味辛　地骨皮　香附　穿山龍　木通
薏苡臺產甚多較內地差少　白扁豆　金銀花有黃白二種可療疥　水燭
生水中形如燭故名　蛇草蛇傷煎服之多愈　艾　益母艸　木賊草一名接骨
筒　蒲公英　薄荷　稀薟草　蜂蜜　菖蒲　澤蘭能散
血　斑節相思類薄荷而大　白雞冠治血崩　梔子一名越桃　蒼耳子
草麻子　木鱉子　急性子即鳳仙子　枸杞子　草果　蟬
蛻　紫萍　車前子　風藤狀與他藤異似木通出水沙連內山浸酒服之可已
風疾　山苦瓜治腳腫　馬尾絲有大小二本生陰濕地患蛇傷者取其根擦之立愈　白蒺
藜　石決明　通草性利水兼通乳竅染以絲色製花鮮明可愛出淡水雞籠諸山　樟
腦北路甚多　蕎麥亦載麥部能收冷汗　紫蘇　天南星　金鎖匙治嘮瘖

禱草　龍舌黃　羊甘草俱治黃疸　黃金子　正埔薑　雞
骨黃俱去風解熱　烏甜葉一名對面烏止血　宜梧草　撮鼻草俱治風
鴨嘴黃一名定經草可以調經　千里光治目　馬鞍草　猪母萊　羊
角草俱治瘀毒　九層塔　珠仔草　金不換俱治跌打損傷　萬年松
治腹痛　鹿肚草治噎嗝　鹹酸草　遍地錦　炮仔草俱治咽喉　地
掃草　鼠尾黃　龍樹草俱治疔毒　山芙蓉　雞角刺　束
血草　馬鞍藤　鱟殼刺俱治癰　蚶殼草治疹　蠅翅草治虛脹
水鏡草治痔漏　三腳虎草　三腳鱉草俱治瘰癧　茅根草　無
根草俱通淋利水　莿荇草治瘍　梨壁草治嗽癆　蒲鹽草治蛇傷○以上藥之
屬

附考

藥品前志所不載者如含鈴草茶匙黃虎咬黃龍鱗草四時春馬蹄香一名一枝香金劍草治黃薑蔚子龍船花魚簽草苦麻草去風解熱柏仔草半天飛涼血雞卵藤萬年薯治瘋龍芽草竹仔草天青菜大楓草三艾刀鯽魚膽草牛頓草山苦瓜牛角刺山葛藤頗仔葉山麻草千日青山四英馬鞍草過江龍檳包藤豬母菜羊角豆姑婆草療毒白埔薑止痛蔡板草一名層塔九山蜈蚣小營刺山茄報碎米黃治跌打損傷赤血草茄冬葉貓公刺山尾蝶天仙茄治咽喉葉下紅一名馬蹄黃一名消息草山埔銀鹿角英地草午時草真珠黃山東枋白花草治疔毒龍吐珠虎婆刺漫桃花千里急鐵馬鞭倒地柃和尚藤金絲五

爪龍雞柔草瓜子草茘枝草田烏草毛將軍田薯草五宅茄羊相卓不求人虱鬚草鐃鈸草治癰山素英治疥苦仔草治痘咬人狗虎尾侖治瘰癧蔦松葉過溝菜冷飯藤山芝葉蟲草治潰爛豬腰草治陰症有異名者苧麻根名山桔梖柑核名仙柑子山藥名淮山木槿名水錦赤嵌筆談

紗帽翅一莖數十花色黃葉可治蘚臺海采風圖

番薑茹一名番苦苳一名心痛草能治心氣痛種出荷蘭葉秀嫩似雲板曝乾則香結子青赤色同上

馬尾絲草屬葉細而長花紅而小其根如茘枝核黃色多細絲如髮不拘鮮乾皆可治蛇蜂諸毒臺灣志畧

葉下紅草幹紅花圓小如白絨葉亦青內紅治傷損臺海采風圖

鳥獸

鳶　鴿　鸛　鵪鶉　雉　烏　燕　鳩即斑鳩也與內地異色青黑者曰斑鳩甲項下赤色者曰火鳩又有一種身綠嘴足皆紅者曰金鳩惟淡水出　鷺　畫眉與內地等但眉無白者　鸜鵒即八哥　布穀　鬼　鷗　海雞母黑色腳綠比雞較大宿海嶼中故名骨脆而味甚美　鴛鴦　翡翠俗名釣魚翁嘗宿水道伺魚而食之　白鷴　長尾三娘鸝之屬色青光彩照人一名練雀　烏鶖身黑尾長較小于鷹能搏鷹雞鳶諸惡鳥　伯勞鵙也　黃鶯　鷹　鸕鷀　鵂鶹即鴟鵄　雀　白頭翁　海鵞俗名南風鷧又名布袋鵞常于海濱獵魚翎可為箭羽　華雀似雀而小紫色唧唧善吟置籠中能自來去　白鳩每當五更則鳴或謂之知更鳥　竹雞　鷄　鷦鷯通志謂之鷦鷯

爾雅桃蟲鷦其雌鴱一名韈雀一名巧婦土番出草聞其聲則返　鬼車俗名九頭鳥　彩囊以下六種舊志未載今補入詳見附考　五鳴雞　雷舞　番草　鵝鸛　倒掛自內地來○以上羽之屬

附考

長尾三娘朱喙翠翼褐脊彩耀相間尾長盈尺臺人因而名之生于諸羅深山中土罕有見者臺海采風圖

白鳩每當風雨舞翅盤旋霜衣雪襟可為近玩或呼為洋鴿云自咬嚁吧來者初開臺時一雙不下二十金近飼養將雛者多價不及十分之一使槎錄

白鳩能知氣候每交一時即連鳴數聲臺灣志畧

綠鳩紺嘴碧毛艷深鸚鵡惟不善鳴遜白鳩同上

海八哥黑身紅頂綠足一名田雞鳥鬚鷲鳥也能搏擊羽族尾長黑色時集于田間牛背上使槎錄

烏鷲似八哥而通體皆黑喙如錐尾長飛最疾鳴如黃鶯善作百鳥聲夜則隨更遞喚能搏鷹鸇遇諸惡鳥飛空中則奮啄其胸脇鷹鸇飛較遲爪不能及負痛飛鳴而去宿處惡鳥不敢近臺海采風圖

彩囊似雞而小項上有五彩囊使槎錄

五鳴雞大如鵪鶉項白每漏下一鼓則一鳴同上

雷舞鳥名著赤色聞雷則舞同上

白八哥白畫眉亦未見或云鹽水港統領埤加冬樹大數圍其上每年生白八哥相近居民伺其將雛攫而飼之使槎錄

番華形似燕背淡黑色腹下色黃尾長飛則鳴行則搖類鶺鴒諸羅志

鵁鶄俗呼食蛇鳥狀似鶴畧小而短尾周身毛羽淡紅色專食蛇虺知探蛇穴以嘴啄洞口令自出或口銜而飛空中頭尾皆動臺海采風圖

倒掛鳥似鸚䳇而小翎羽鮮明紅綠相間緣枝循行喙如鈎足短爪長性好倒掛夜睡亦然種出東洋呂宋同上

牛水牛自內地來佃蔗煮糖黃牛近山多有取而馴習之用以耕田駕車 馬從內地來近亦有牝而生者

狗 猪 羊 貓 雞 鵝 鴨 番鴨似鴨而大毛有小禾嘴脚朱色肉粗味減來自外洋 番猪毛黃色〇以上畜之屬

附考

臺灣多野牛千百爲羣欲取之先置木城四面一面開門驅之急則皆入入則扃閉而餓餓之然後徐施羈靮豢之務豆與家牛無異矣臺海采風圖

馬小而力弱異于內地內山有山馬同上

水沙連紅頭嶼出黃羊有鬻其皮以爲褥者同上

番鴨大如鵝足微細兩頰紅如雞冠雄者色更赤畜之常飛去人每載入內地然褷褷唼唼無足充玩同上

艾葉豹臺產者稍大于犬而無害于人或名之曰獐虎 熊 麋 鹿 麂 麠即麞

麕似鹿而大 兎 猴 山猪 獺 山羊能涉峻生深山中皮堪作襆 鼠

野豬牙利如鎌○以上毛之屬

附考

臺山無虎故鹿最繁昔年近山皆爲土番鹿場今則漢人墾種極目良田遂多于內山捕獵角尾單弱絕不似關東之濯濯角百對只亡煎膠二十餘觔鹿雖多街市求一臠不得冬春時社番截成方塊重可觔餘皆用鹽漬運致府治色黑味變不堪下箸而値亦不輕使槎錄

鹿以角紀年凡角一岐爲一年猶馬之紀歲以齒也番人世世射鹿爲生未見七岐以上者向謂鹿仙獸多壽又謂五百歲而白千歲而元特妄言耳竹塹番射得小鹿通體純白角纔兩岐要不過偶然毛色之異耳書圖未足盡信也鹿生三歲始角角生一歲解猶人之毀齒

也解後再角卽終身不復解毎歲只增一岐耳稗海紀遊

牝鹿以四月乳未乳極肥腹中胎鹿皮毛鮮澤文彩可愛又牝鹿旣乳覘小鹿長則避之他山慮小鹿之淫之也獸之不亂倫者惟馬牡馬誤烝則自死牝鹿自遠以避同上

熊之類不一有猪熊狗熊馬熊人熊之異各肖其形諸熊毛勁如鬣又厚密矢鏃不能入蹄有利爪能緣木升高蹲于樹巔或穴地而處人以計取之無生致者腹中多脂可啖掌爲八珍之一膾炙人口然不易熟庖人取其汁烹他物爲羹助其鮮美一掌可供數十烹若爲屠門之嚼貽笑知味矣同上

山猪蓋野彘也兩耳與尾畧小毛鬣蒼色稍烈大者如牛巨牙出唇外擊木可斷力能拒虎怒則以牙傷人輙折脅穿腹行疾如風獵者不敢射又有豪猪别是一種箭如蝟毛行則有聲雖能射人不出尋丈外同上

福州東島覘澎湖爲近內惟產鹿千百羣島人捕得取其腸胃連糞食之以爲至美其全體則鬻之福州人今所鬻鹿脯鹿筋皆東島物也玉堂薈記

山鼠土人捕獲以蔗梗塡腹去毛炙黃合猪肉煮食使槎錄

山猫取其毛以束筆微短而軟鄉間亦有捕蟬紙裹煨熟以下酒者同上

蟲魚

蜂　蟻盈几案間皆是有赤色而極小者爲黃絲蟻色黑而走疾者爲走馬蟻色白而生于濕處者曰白蟻凡衣服器物近濕處多爲所壞　蟬　蝴蝶　蝙蝠　蝦蟇　蟋蟀　蜘蛛　蜥蜴似蛇身扁四足長五六寸說文在草曰蜥蜴在壁曰蝘蜓守宮也臺之蝘蜓能鳴其聲嘎嘎或謂過澎湖則不鳴　蜻蜓至冬猶羣飛　螢　蛩　螽斯　螳螂　螟蛉　蝶　蠃　蠅虎　蜈蚣　蛇臺產有數種一名山辣長六七尺專捕鼠一名草花仔長一二尺俱不傷人一名龜殼花背有文如龜紋一名飯匙倩頭扁如飯匙見人頭昂二三尺惟尾貼地噴鼻有聲一名青竹絲長一二尺色青如竹故名三者嚙人最毒　蜂虎狀似燈蛾而大　水蛭即馬蟥也內山最多　蠅　蚊　蜣螂臺多藏櫥中漳志謂之蝤虫煎食解毒最神　蛾　蠹　竈雞　蟯螂　毛蟲　蚯蚓　蜒蚰　蛙土人帶皮食之○以上蟲之屬

附考

簸箕甲蛇之最毒者大者數尺身有橫紋黑白相間俗名手巾蛇甲有毒汗經行處草木皆萎牛馬不食嚙人數十步立死其骨必擣爛遠擲之悞踐亦能刺足殺人閩地多有臺海采風圖

北路有巨蛇可以吞鹿名鉤蛇能以尾取物孫元衡有巨蛇吞鹿歌云一島三千麋鹿場甡甡出谷如牛羊臺山不生白額虎族類無憂牙爪傷野有脩蛇大如斗颼颼草木腥風走氣騰火燄噴黃雲八尺斑龍入巨口九岐璃角橫其喉昂霄下咽膏涎流獰蕃駭獸不相賊犇竄林莽爭逃鉤我聞巴蛇吞象不煩齕三歲化骨何陰

狘爾鹿爾鹿甚微細此蛇得之應未飽赤嵌集

余始來此坐簷下有聲如雀卻不見有飛鳥後迺知爲蜥蜴鳴也林僉事麟焻使琉球竹枝詞靜聽盤窓蜥蜴聲其自注云蜥蜴能鳴聲如麻雀海外蜥蜴俱能鳴耳赤嵌筆談

海舟夜眠潛伏艙內尚喜無蚊臺地四時皆受其害更有不見不聞而爲所刺愈抓搔則愈癢閩小紀云閩地有小蟲若微塵視之不見刺人較蚊蚋尤甚密帷亦不能間之名沒子同上

四時皆砌蛩聲鳴不絕蟬於二月即噪樹間聽蟲鳴以占候未可與此地律也同上

蜈蚣腹下有光夜間青熒閃爍如螢毒氣如硫磺以足踏之光熠燿不絕同上

蜥蜴俗呼爲四脚蛇四足各有爪長尺餘黑脊左右皆黃絲繞之能浮水口毒而不螫人若捕急則噛人立斃每當雨多露濃之後橫路暴日故一名塗釘云臺海采風圖

青竹鏢蛇類一名百步劍一名青栢絲長尺餘深綠色纏樹杪與葉無別有絲如蛛網人悞觸之則飛噛其疾如鏢遭其噛者行百步即僵同上

鯉 塗魠形類馬鮫而大重者二十餘斤無鱗味甚美自十月至清明多有 烏魚各港俱有每冬至前去大海散子味極甘後引子歸原港曰回頭烏則瘦而味劣矣子成片下鹽曬乾味更佳過冬則罕見即本草之烏魚也 鯧 馬鮫骨軟無鱗 鰳 鮎 鰻 扁魚形似貼沙而薄曬乾

味香美鮮食亦隹一名塗魺
白帶魚無鱗
午魚鱸之別種 鱸
鮸魚即鰵魚狀似鱸而大肉粗重至二十餘斤
鯽魚
貼沙上紫下白有細鱗即比目魚
銀魚
鱔魚即鱘
虎魚狀如虎頭巨口無鱗長不盈尺肉嫩而美
黃魚
魟魚形圓如扇無鱗色紫黑口在腹中尾長于身有黃魟燕魟黃魟大而肉粗燕魟小而肉潤
泥鰌俗謂之鰍魚
金魚
鬬魚狀如指長二三寸有花文紅綠相間尾鮮紅有黃點善鬬泉人呼為丁斑此與金魚祇供玩賞
麻虱目魚塭中所產夏秋盛出狀類鯔鱗細臺以為貴品
鮡魚生海島泥塗中其大如指善跳故名俗名花鮡以身有白花點也
獅刀腹背如刀故名多刺
烏頰身短潤
墨魚即烏鰂常噴墨于波以衛身大魚不得近中有骨如小舟名海鰾鮹
鎖管身圓直如鎖管首有小骨即鮫魚插入管中如鎖鬚味甘脆
鯊有白沙胡沙雙髻沙其最佳者皮上有黑白圈文曰龍文沙其翅尤美
沙梭長五六寸狀如織梭
海翁即海鰌大能吞舟黑如牛背浮于水面則大風將作
魴
鰛魚可醃作鮭
青鱗色青鱗厚長五六寸
紅沙皮紅如塗砵鱗細
金鐘仔
花身體有斑文
鮎鮐

尾有星多穴于塗泥中
鱺魚色青體圓而短味極腥
鐵甲魚鱗硬如甲去其皮方可食
遍身苦身有花點
塗鰍似鱔而身短多涎難握
塗虱頭扁身微圓黑色長五六寸產圳潭窟中
狗母魚長尺餘有細刺魚之粗劣者
獨魚大者如掌皮粗曬乾可磨木器
金錢狀如花鮐而體薄多刺
花鯪斑點如花
鰻魚溪澗中魚之最惡者引子游水象魚不敢犯
鱇魚一名水母鮓一名石鏡
鰱魚
章魚即韓昌黎所謂章舉其身圓其首入腳縮聚當中有口胸上有竅如臼歷歷成章囊中有黑膏及黃膏行則手足向下身向上高舉而疾遊產澎湖
螺魚狀如烏鯽而大肉亦厚味甘美出澎湖
沙蠶一名龍腸生海泊泥塗中形似蠶中有沙故名味甚美曬乾炰食最佳
鱠魚一名鱖魚
飼子飯無細骨可和飯以飼幼子
鶯哥魚狀如鰱而潤色綠嘴尖而勾曲似鶯哥嘴故名產澎湖
龍尖口尖而身豐味甘而脆美出澎湖多曬作乾
三牙魚有赤白二色
黃翅狀如烏頰肉細而味清以其翅黃故名下淡水有重一二斤者
黃爵身薄而小多刺漳郡志以爲黃雀所化
新婦啼以下三十種舊志未載今補入詳見附考
飛藉
金精

三牙　田鴿　梳齒　小波浪　歸秉　赤海　釗
額　鱵魚　牛尾　泥龍　青箭　交網　牛牯鮇
金梭　竹梭　飛烏　咬網狗　海蠣　含西　刺圭
糍　安米　旗魚　蝶魚　海和尚　海狗　海龍
海馬○以上鱗之屬

附考

鯊類不一龍文鯊雙髻鯊志言之矣外此有烏翅鯊身圓翅尾黑色鋸仔鯊齒長似鋸烏鯊口濶大者數百觔能食人虎鯊頭斑如虎齒迅利噬人手足立斷圓頭鯊亦食人鼠蟫鯊皮白齒如梳蛤婆鯊口濶尾尖油鯊身圓而長尾似蝦尾泥鰍鯊口尖青鯊身青色扁鯊身扁尾小乞食鯊皮可飾刀鞘狗纏鯊身長尾尖狗鯊頭大上有烏赤點離水終日不死赤嵌筆談

鯊魚胎生市得一魚可四五觔用佐午炊庖人剖腹一小魚從中躍出更得五六頭投水中皆遊去稗海紀遊

魴有錦魴身圓有花點大者三四百觔皮生沙石尾長數尺骨弱肉粗黃魴身圓黃色泥魴皮黑掃帚魴尾如帚烏燕魴頭身翅俱似燕肉黑四開魴頭似燕肉赤鬼角燕魴頭有軟角水沉魴淡紅色身扁頭尖同上

新婦啼魚名狀本鮮肥熟則拳縮意取新婦未諳恐被姑責也孫元衡有詩云消魚未學易牙方軟玉銷爲水碧漿廚下卻憐三日婦羹湯難與小姑嘗赤嵌集

飛藉魚疑是沙燕所化兩翼尚存漁人俟夜深時懸燈以待乃結陣飛入舟力不勝滅燈以避孫元衡有詩云入海微禽能變化秋來巢燕已爲魚鬣飛應悔留雙翦誤學燈蛾赴火漁上同

鸚哥魚鳥嘴紅色遍身皆綠孫元衡有詩云朱施鳥喙翠成襦陸困樊籠水厄罛信是知名無隱法曾聞眞獵有浮胡相傳眞獵有魚名爲浮胡嘴似鸚鵡上同

海翁魚有言如小山草木生之樵者誤登其背須臾轉徙不知所之此無可攷志云後壠番社有脊骨一節高可五六尺兩人合抱未滿其圍漁人云大者約三四千觔小者亦千餘觔皮生沙石刀箭不入有自僵者人從

口中入割取其油以代膏火肉粗不可食口中噴涎常自爲吞吐有遺于海邊者黑色淺黃色不等或云卽龍涎番每取之以貿利眞贋亦莫辨也赤嵌集

金精魚花點細鱗三牙魚或赤或白有三齒田鴿魚體圓兩鬚長梳齒魚黑色花點齒如梳魚肚食之立死赤嵌筆談

泥鰌魚黑色口濶大者五六十觔珠鰌魚黑色身有紅白點小鰌魚黑色上同

小波浪魚青身小尾歸秉魚身扁肉澀赤海魚紅色剑額魚金鱗頭內有石子一枚鰔魚口邊有兩大刺牛尾魚狀似牛尾泥龍魚身長有暗刺青箭魚色青口尖行

如箭交網魚色有烏赤二種牛牯魚頭濶皮青金梭魚
金鱗身軟竹梭魚口尖身長飛烏魚色青有翅能飛咬
網狗黑色歪口無分左右海蠣魚頭大皮黑含西魚身
扁色白刺圭䱜魚色黑唇厚安米魚細鱗有赤有白同上
旗魚色黑大者六七百斤小者百餘斤背翅如旗鼻頭
一刺長二三尺極堅利水面敵魚如飛船爲所刺卽不
能脫身一轉動船立沉同上
螟魚俗呼海豎頭似豬大則千餘斤小亦五六百斤常
于水面躍起高丈餘噴水如雪漁人見之則避同上
海和尚色赤頭與身皆似人形四翅無鱗海狗頭似狗
尾尖四翅海馬狀如馬頭有鬉亦四翅漁人網獲均爲
不祥同上

海龍產澎湖澳冬日雙躍海灘漁人獲之號爲珍物首
尾似龍無牙爪長不徑尺以之入藥功倍海馬
赤嵌集

黿 龜 鼈 鱟 殼黑色甚堅可作杓尾長如鎗有足十二生在腹下雄小雌大置之水中雄者浮雌者沉雌常負雄而行雖波濤終不解失雄則不能獨活故號鱟媚漁人拾之必得雙腹中有子如粟大可醃以爲醬甚佳 鯪鯉 一名穿山甲 螺 有香螺花螺响螺肉螺數種香螺長數寸肉雪白而尾有膏味最清甘品之上也花螺圓而小殼薄有斑點味亦淸响螺大者長滿尺類于香螺其殼可吹軍中用之肉螺大五六寸味苦切其殼可作鸚鵡杯 蟳 臺產皆出于海獨諸羅生溪澗中螯生毛名曰毛蟳秋後甚肥美海中則有沙鑽蟹色黃遍身有刺遇人卽伏沙底有沙馬蟹色赤走甚疾有大熙仙蟹身小一螯大一螯小色赤

白相雜有虎獅蟹遍身紅點有青蚶蟹青白色兩螯獨大有金錢蟹身扁色赤黑此種鹻食甚佳

蟳 膏多于肉曰紅蟳無膏曰菜蟳大者長尺餘隨大潮退殼一退一長其殼最堅生海邊泥塗中螯無毛故異于蟹

牡蠣 鹹水結成磈礧相連如房故曰蠣房俗呼為蠔小者名珠蠔最佳散生海中用長竹如剪鉤諸海底取之殼可燒灰

蚶 蚌蛤之屬殼圓而厚形如瓦筒從橫其理

蠘 形似蟳但殼有斑點其螯甚銳

花蛤 蛤有三種皆生于海

蟯 蛤之大者殼厚微黃肉白多漿名曰車螯

蛤蜊

水龜 一名龍虱鹻食甚佳

海豆芽 似蜆而大形扁殼綠吐尾如豆芽故名一曰塗杯

珠螺 似花螺而小殼堅硬螺嘴有皮厚而圓如半面珠故名澎湖所產惟鹻食為佳

蚌

白蟶 臺原無蟶康熙五十九年始有生于海泊泥塗中形與內地蟶無異但殼差薄色白如玉肉尤清甘四五月時有之

西施舌 殼綠黑色似蚌而薄其肉有舌最美海錯之珍次于江瑤柱但臺所出不宜多食

海蜇 臺地所產瘦小不堪食

鼅鼊 以下俱詳見附考

龍蝦　**海蒜**　**寄居蟲**　**鬼蟹** ○以上介之屬

附考

蟳螯生毛者無毛者為蟳有翠蟳蔚然深藍大不盈掌巨者螯長六七寸殼有斑文呼曰青脚蠘孫元衡有翠蟳詩云嗜蟳何當只自謀難憑此味悅監州雙螯獨把炎洲翠呂亢圖中未解收 赤嵌集

虎蟳質粗味劣無足取殼極類門戶上所繪虎頭色亦殷紅斑駁人有鑲為酒器者冬來生子充盈臍外 閩小紀

鼅鼊龜屬卵生狀如鼈四足漫胡無指爪大者百餘斤小者數十斤常從海岸赴山凹鑽孔伏卵人伺其來時尾而逐之行甚疾衆併力反其背則不能動矣剝割時兩目淚下嗜者謂味同牛肉僅亦相等甲可亂玳瑁亦以飾物但薄而色淺不任作器市販鹿膠每以其板殼

與鹿角骨同煎南路龜壁港以此名今寫訛劉欣期交州記作蚼蟒 赤嵌筆談

文蛤味極鮮美往年絕少雍正癸卯春夏魚市不絕西溪叢話蛤蜊文蛤皆一潮生一暈博物志云東海有蛤鳥常食之殼在海岸潮水往來碏薄潔白如雪入藥最精 同上

往在大巖僧寺見海邊蛤殼各種奇異有競爲擕取者

龍鰕昂首奮角如畫龍狀甲硬如蟹殼鬚長二尺餘鉗六七寸上有芒刺尾下子纍纍相續又有九節鰕 同上

海蒜一名湖胥殼類蛤肉垂三寸餘白色上有黑點形狀甚劣食之多患腹瀉 同上

南州異物志寄居之蟲如螺而有脚形如蜘蛛本無殼入空螺殼中戴以行觸之縮足如螺閉戶火炙之乃出走異苑謂鸚鵡螺常脫殼而朝遊出則有蟲如蜘蛛入其殼戴以行夕返則此蟲出庾闡所云鸚鵡外遊寄居負殼者也臺地呼寄生 使槎錄

鬼蟹狀如傀儡孫元衡有詩云家在蟳山蜃氣開鯨潮初起黨帆來虎鯊背有王文鬼蟹紛無數就裏難求蛤蚌胎 同上

續修臺灣府志卷十八終

續脩臺灣府志卷十九

欽命巡視臺灣朝議大夫戶科給事中紀錄三次六十七　同脩
欽命巡視臺灣朝議大夫雲南道監察御史加一級紀錄三次范咸

分巡臺灣道兼提督學政覺羅四明

臺灣府知府余文儀　續脩

雜記

樓堞　園亭　寺廟　墳墓　菑祥　雜著　叢談　外島

登越王之臺頓生哀思過田橫之墓不禁歔欷往蹟已湮而弔古者殊不勝情焉臺地本屬番島昔人謂爲乾坤東港華嚴婆娑洋世界儼若瓊島扶桑相去咫尺迄今遡靈蹤之往蹟訪銅柱之遺蹤雲鳥呈祥鯨鯢紀異亦博物洽聞者所極不忘也志雜記

樓堞

臺灣縣

赤嵌樓　在鎮北坊荷蘭所築也又名紅毛樓雕欄凌空鄭氏以貯火藥軍器今漸圮

紅毛城　在安平鎮亦名安平城又名赤嵌城荷蘭于一鯤身頂築小城又遶其麓而周築之爲外城城垣用糖水調灰疊磚堅埒于石凡三層下一層入地丈餘而空其中凡食物及備用者悉貯之雉堞俱釘以鐵廣二百七十七丈六尺高三丈有奇女牆更寮星聯內城樓屋曲折高低棟樑堅巨灰飾精緻瞭亭螺梯風洞機井鬼工奇絕近海堤岸年久傾圮潮水齧至城下東南由瀨口陸行歷鯤身三十里可至鎮渡頭

秀峰塔　在郡學巽方高五丈三尺五寸周六丈凡五級四門乾隆六年提學楊二酉建記載藝文今廢

諸羅縣

青峰闕砲臺　在蚊港口荷蘭時築今圮

淡水廳

淡水砲臺　在淡水港口荷蘭時築

雞籠城　在大雞籠島上西南兩門荷蘭時築

雞籠砲臺　在雞柔山社南崁尾莊界與淡水港口砲臺對峙荷蘭時築以防海口

澎湖廳

澎湖暗澳城　明都督俞大猷所築嘉靖間林道乾作亂大猷追之道乾遁入臺灣

大猷因留師澎湖築城于暗澳以守今故址尚存瓦硐港銃城荷蘭所築明時澎湖屬同安縣轄分金門哨汛兵駐防于此城今圯

附考

閩關鄭國城門名僞鄭據紅毛城因取以名內城之門使槎錄

安平城一名甎城紅毛相其地脉爲龜蛇相會穴城基入地丈餘雉堞俱釘以鐵今郡中居民牆垣每用鐵以束之似仍祖其制也城上置大礮十五位年久難於演放澎湖亦有紅毛城久廢赤嵌筆談

安平鎮城東抵灣街渡頭西畔沙坡抵大海南至二鯤身北有海門原紅毛夾板船出入之處井泉鹹淡不一另有一井僅小孔桶不能入水從壁上流下其西南畔一帶原係沙墩紅毛載石堅築水衝不崩臺灣紀畧

雞籠城貯鐵礮明崇禎三年鑄赤嵌筆談

康熙庚申十月僞鄭毁雞籠城雞籠係海嶼隷臺灣北山居淡水上游其澳堪泊百餘艘先時呂宋化人裔占據此城與土番貿易因出米稀少遠餽不給棄去後紅毛及鄭成功據臺灣皆不守癸卯總督李率泰召紅毛合攻兩島約復臺灣後許貢就閩省交商紅毛於乙巳年重脩雞籠城圖復臺灣丙午鄭經令勇衛黃安督水陸諸軍進攻僞鎮林鳳戰死紅毛慮無外援隨棄去至

是有傳我師欲從北飛渡恐踞此城乃遣右武衛北哨
寮令督兵將城折毀辛酉令僞鎮何祐等北汛雞籠驅
兵負土就舊址砌築并于大山別立老營以爲犄角（海上
事畧）
福州林鳳飛登紅毛城詩海上孤城落日昏水天無際
欲銷魂雲拖雨脚鯤身島門送潮頭鹿耳門堪笑覇圖
歸幻夢徒留遺跡弔寒暄紆廻磴路誰過問止有萋萋
碧艸痕（舊志）
孫湘南赤嵌城詩石磴盤盤百級湧出似孤城下姘臨滄
海依然禾黍生（赤嵌集）
侍御張鷺洲赤嵌夕照詩巍樓遲望屹西東月戸雲窻若

構工極目晚天環海市倚闌誰憶荷蘭宮（臺灣百詠）
范侍御浣浦有安平城閱武宴集詩二首牙幢直上赤
嵌城鼓吹歌傳畫角聲持節繡衣周內史櫜弓鐵甲漢
家營盛時獨狩風還古海外烟塵靜不驚閒煞熊羆擊
刁斗承平是處久銷兵又香清歌曾在層城進酒微聞
宴笑聲錦簇華筵瑤島月叢殘高壘舊時營筵傳鼙鼓
風逾勁穩臥魚龍夜息驚敢謂儒生矜緩帶太平天
子不忘兵（婆娑洋集）
莊觀察榕亭和范侍御安平城閱武詩豸冠講武荷蘭
城令肅惟聞鐵甲聲襟帶六州開要鎮屏藩一郡駐專
營牙檣出暖鯨鯢靖鼓角風高燕雀驚自是聖朝勤

遼畧重臣冬狩坐談兵（澄臺集）

張侍御秀峰塔詩光播五嶽歸千軍頴脫霜鋒卓不羣

海國文章肖天秀故應健筆已凌雲（瀛壖百詠）

園亭

臺灣縣　北園別館（在邑治北五里許，偽鄭為母董氏建）　陳氏園（在武定里，偽時陳永華別墅，今廢）　夢蝶園（在邑治小南門外，舉人李茂春建，今為法華寺）　聚星亭（在邑治小東門外李氏園）　樣林（在寧南坊，偽勇衛黃安故宅，今改為施襄壯侯祠）

鳳山縣　忠義亭（在邑治港西里西勢庄，康熙六十年總督覺羅滿保為粵庄義民建，雍正十一年御史栢脩，高山重脩）

彰化縣　鎮番亭（在邑治東山之巔，雍正十年巡道倪象愷因征大甲西等社番所建）

淡水廳　望海亭（在北淡水營盤後山之畔，都司三元所葺，海市萬狀悉屬望中）

附考

鄭氏北園去郡治五六里從海視之則宜北矣故名園在平壤無邱壑亭臺曲折崚嶒之致丙寅臺廈道周昌因其地仍其茂林深竹結亭築室為之記且繪而圖之季麒光顏曰致徹有秋夜遊北園記昌於道署後築小園名寓望蓋取左史置有寓望之言麒光亦有記（赤嵌筆談）

夢蝶園在臺灣府治漳人李茂春明季舉人遯跡來臺搆茅亭于永康里以居名夢蝶處今改為法華寺張鷺洲詩云疎林一碧映清渠物外脩然水竹居指點昔年尋夢處秋風蝴蝶自蘧蘧（瀛壖百詠）

李氏園近鯽魚潭主人築小亭曰聚星綠疇四繞青嶂

當總臺地官僚省耕皆憩于此張鷺洲詩云梧竹陰森護短垣羣峰飛落聚星園海翁九十髮如鶴門外水田秋稼繁同上

孫湘南有法華寺左新構草亭落成詩綠野軒車得偶停滄溟蹤跡幾浮萍香飄古寺曇花見寺有曇花一叢秋到閒園蝶夢醒寺本夢蝶園舊址自有醉翁能載酒不妨喜雨更名亭應芟惡竹斜添檻收取岡山百丈青赤嵌集

又同遊羡子園林詩杪秋似初夏和風正輕靡從遊四五人出郭二三里細路入幽篁平沙菠寒沚羡木行行直崇岡面面起故葉凝冬青新枝垂暮紫茅居閒無人遠望洵足美門前百尺陰蔭此一溪水同上

又重集夢蝶草亭詩桄榔園古寺故境野情迷繞檻寒流細排雲碧筍齊塵清花弄色市遠鳥閒啼曾作詩中畫山僧問舊題同上

寺廟

廟列在祀典者俱載典禮

臺灣縣

海會寺即鄭氏北園也康熙二十九年臺厦道王效宗總鎮王化行改建爲寺佛像莊嚴寺宇寬敞亦名開元寺乾隆十五年臺厦道書成脩寺田在寺後洲仔莊五十甲又寺前園六甲零又檨園一所爲本寺香火

竹溪寺距邑治二里許徑曲林幽清溪環拱竹木花果頗稱勝概顏其山門曰小西天寺寺田在尖山莊一十二甲年收租粟爲香火

黃蘗寺在北門外康熙二十七年左營守備孟大志建三十一年火三十二年僧募衆重建四圍竹木花果甚多

法華寺即李茂春夢蝶處後僧人鳩衆改建法華寺康熙四十七年鳳山知縣宋永清建前殿一座祀火神置鐘鼓二樓前後曠地徧蒔花果起茅亭于鼓樓之後顏曰息機退食之暇時憩息焉乾隆二十九年知府蔣允焄重建殿宇巍峩林木幽邃備極勝概

寺田在寺後荒埔一所約二甲餘臺灣府蔣毓英給爲香燈又有園在港西里大湖莊一所鳳山縣知縣宋永清置爲香火

彌陀寺在東門內永康里年久傾圯康熙五十八年僧一峯至自武彝募化重興寺田在鳳山縣嘉祥里阿嗹甲尾園一所年收粟二十二石又寺後園一坵黃士甫曾亭觀置爲本寺香火

慈庵在東安坊康熙三十一年建環植脩竹前對小峯亦幽靜處也寺田在諸羅縣犁頭標大道公營年收租粟六十五石諸羅知縣張尹給爲香火

東嶽廟在東安坊

元帝廟即眞武廟在東安坊康熙二十四年知府蔣毓英脩高聳甲于他廟一在鎮北坊總鎮張玉麟渡臺遭颶禱神披髮跣足自橋而降風恬抵岸因重新之後爲知府蔣毓英祠又一在洲仔尾網寮一在下洲仔甲一在廣儲東里一在歸仁南里一在仁德里崁頂一在崇德里一在仁和里下灣一在大目降莊

吳眞人廟在西定坊新街乾隆五年里民重脩日開山宮又一在北線尾一在鎮北坊水仔尾一在觀音亭側一在石頭坑一在武定里一在廣儲東里一在歸仁北里舊社口其在文賢里一圖者三在二圖者一在安平鎮者三按眞人名本泉之同安白礁人生宋太平興國四年醫藥如神景祐二年卒里人祀之部使者以廟額爲請勅爲慈濟慶元間勅爲忠顯開禧二年封英惠侯臺多漳泉人以其神醫建廟獨盛

藥王廟在西定坊

聖公廟在中樓仔街康熙三十年臺廈道高拱乾建漳泉舟人多祀其神以其熟識港道一在海防署前

開山王廟在東安坊

馬王廟在東安坊

五帝廟在寧南坊

臨水夫人廟在寧南坊

三山國王廟在小北門內鎮北坊水仔尾雍正七年知縣楊允璽左營遊擊林夢熊率粵民仝建

精忠廟在東安坊鎮標右營內祀宋岳鄂王

水仙宮在西定港口開闢後商旅仝建壯麗異常一在安平鎮渡口

觀音宮有七在鎮北坊者曰觀音亭在寧南坊者曰準提寺在東安坊曰清水寺一在東門外一在廣儲東里一在廣儲西里康熙四十四年同知洪一棟建一在大目降莊

觀音亭在羅漢門

敬聖樓在南門外雍正四年拔貢施世榜建祀梓潼神

超峰石觀音亭在岡山僧紹光建

鳳山縣

元興寺在縣城南鼓山麓

泗洲寺在縣城西寺前有寧潭一口爲放生池

靖王廟在邑治長治里竹滬社

仙堂在長治里前阿社祀五文昌環植竹木花果頗有幽致

元帝廟一在興隆莊一在大竹橋一在鯤港俱鄉人鳩衆建

元帥廟在觀音山祀唐張睢陽

觀音宮一在縣治龜山下一在鳳山下莊一在淡水新園一在萬丹港街

慈濟宮卽吳眞人廟一在縣署前一在鳳山上莊一在硫磺水莊一在半屏山後一在維新竹仔港一在觀音山大社

諸羅縣

諸福寺在縣治西門外康熙四十六年建

南浦寺在縣治南門外先農壇左雍正五年建乾隆十一年知縣周芬斗脩並額今名綠野青疇烟光在目附郭一佳勝也

彌陀寺在縣城南三里大陂上乾隆二十三年建

水仙宮在笨港南港街乾隆四年建

龍湖巖在開化里赤山莊僞官陳永華建閩人謂寺爲巖環邃幽邃前有潭名龍湖中植荷花左右列樹桃柳青梅蒼檜遠山浮空宛入圖畫

大山巖創建不知何年巖極峻聳頂圓平廣可數畝僧舍在焉寒花古木遍列階前烟景溪山俱來目下

元帝廟在大奎壁莊康熙廿二年居民同建四十九年重建

保生大帝廟卽吳眞人在縣治西門外康熙四十年建

忠烈廟在縣治西門內玉峯書院左祀叅將羅萬倉同妾蔣氏乾隆二十五年知縣李倓重建二十七年知縣衛克堉顏曰忠烈

三山國王廟在縣治西門內乾隆十七年粵民合建

聖王廟在縣治西門內祀開漳陳聖王乾隆二十六年漳民合建

元帥廟在縣署左祀唐張睢陽康熙二十八年居民建四十八年叅將張國守備董元驥重脩

觀音宮一在鹹水港一在開化里

地藏菴在縣治北門外無祀壇左康熙五十六年北路營守備游崇功建乾隆二十五年知縣李倓脩內地客民棺櫬在此寄頓

彰化縣

觀音亭在縣署右雍正二年知縣談經正建乾隆十八年里民捐貲重脩

定公菴在縣城西北乾隆二十六年里民鳩貲合建

聖王廟在縣城西乾隆二十六年里民鳩貲合建

碧山岩在縣治東南半線保距城二十里乾隆十七年住僧募建岩有樹木山水縈環映帶頗饒遊觀按閩省漳泉南人謂寺曰岩

虎山岩在縣治南燕霧保乾隆十二年里民賴光高募建岩左右依山環抱茂林脩竹翠巘丹崖遊覽之勝與碧山岩等

三山國王廟在縣治南貝林仔街雍正十二年粵民建

淡水廳

元壇廟在南嵌社

觀音寺在八芝蘭保劍潭

大士觀在新莊山西雲

君乾隆十七年置

澎湖廳 將軍廟在將軍澳神無考 大王廟有三一在入罩嶼一在龍門港一在鎮海澳 吳真人廟在奎壁澳 水仙宮在媽祖宮前右營遊擊薛奎建 觀音宮在媽祖宮西側康熙三十五年遊擊薛奎建廟前有井二甘美為澎湖泉第一

附考

侍御張鷺洲小西天寺竹溪小寺遠塵囂壽壁臨流薜荔懸高望美人何處所漫從東閣說西天瀛壖百詠

又龍湖巖詩湖波灩灩寺門幽面面晴巒空翠浮寂歷輞川圖畫裏柳烟花雨不勝愁同上

又海會寺詩歌吹叢殘劫火消梵宮層樓烟際晚鐘搖吟詩賭奕人稀到閒多秋寒白菊飄

貢生陳文達法華寺詩凌晨趨野寺泉響共幽清法雨散仙唄疎烟濕磬聲幽吟物外想夢幻中生頓覺無塵礙道心處處明

生員王名標法華寺詩野寺鐘初起香臺竹半遮松陰堪繫馬徑曲不容車吠客穿籬犬窺人隱樹鵶老僧談妙諦古佛坐蓮花何處尋蝶夢還來問法華樓高雲未散山靜日將斜囿木生佳果齋厨煮素茶徘徊憐景色歸路繞烟霞

生員蔣仕登竹溪寺詩返照入溪渚長林樹欲曛晚鐘催曉月宿鳥度歸雲遠近蟬聲亂微茫野色分初秋迎爽氣徙倚有餘欣

水仙宮祀五像莫詳姓氏或曰大禹伍員屈平二人爲項羽魯班有易魯班爲奡者更屬不經或曰王勃李白按禹平水土功在萬世伍相浮鴟夷屈子投汨羅王勃省親交阯溺于南海李白粃視塵俗沉于采石沒而爲神理爲近之凡洋中欻遭風浪危急不可保惟划水仙一事庶能望救其法在船人披髪蹲舨空手作撥掉勢假口爲鉦鼓聲如五日競渡狀即檣傾柁折亦可破浪穿風疾飛抵岸則其靈應如響亦甚殊絶　元帝廟在東安坊者稱大上帝廟鄭氏建康熙年間重脩在鎮北坊者稱小上帝廟亦鄭氏建康熙三十七年重脩臺灣志略南路長治里前阿社祀文昌梓潼漢壽亭侯魁星朱衣

呂祖後祀東王公西王母爲鄭時建玉皇太子廟赤崁筆談開山宮祀吳眞君各邑皆有之或稱開山宮或稱大道公廟或稱保生大帝廟或稱慈濟宮或稱眞君廟皆斯神也眞君母夢吞白龜生于太平興國四年長而學道治疾有奇效景祐二年卒里人肖像爲祠水旱祈禱輒應　郡中右營内有精忠廟祀宋之岳鄂王臺灣志略

塚墓

臺灣縣　五妃墓在仁和里前明寧靖王妃妾詳寧靖傳墓前有碑曰寧靖王從死五妃墓乾隆十一年兩巡院命司馬方邦基重脩且立碑于南門外曰五妃墓道刻兩巡院吊五妃墓詩于其上莊副使年有跋李茂春墓在新昌里陳烈婦墓在武定里陳氶華女詳見節烈

鳳山縣　寧靖王墓在維新里竹滬

諸羅縣　沈斯庵墓
澎湖廳　盧若騰墓
附考

菑祥

順治十八年辛丑夏五月鹿耳門水漲丈餘（先是鹿耳門水淺僅容小艇出入是月水忽漲鄭成功因之大小戰艦並進忽據臺灣）

康熙十九年夏六月有星孛于西南形如劍長數十丈經月乃隱是冬大稔

二十年亥

二十一年秋七月地生毛九月雨髮如絲冬饑（斗米價銀至六錢）

二十二年癸亥夏五月澎湖港有物狀如鯿魚登陸死魚身長丈許有四足身上鱗甲火炎從海登陸百姓見而異之以冥鈔金鼓送之下水越三日仍乘夜登山死是月大水土田沖陷

六月水師提督施琅師師攻澎湖拔之二十六日夜有大星隕于海聲如雷

秋八月鹿耳門水漲師乘流入臺鄭克塽降臺灣平

冬十一月雨雪冰堅寸餘臺地氣煖從無霜雪八月甫入版圖地氣自北而南運屬一統故也

二十五年夏四月二十日辰時地大震

二十九年冬大有年自蕩平後年穀屢熟幾不勝書是歲尤爲大稔

三十年秋八月大風壞民居船隻皆飄碎

三十二年冬大有年

三十五年秋七月新港民吳球謀亂伏誅

三十八年春二月吞霄土官卓个卓霧亞生作亂主賬番社通事管出入之賬者

夏五月淡水土官冰冷殺主賬金賢等

秋七月水師襲執冰冷

八月署北路叅將常泰以岸裏番擊吞霄擒卓个卓霧亞生以歸斬于市初通事黃申贌社于吞霄征派無虛日社番苦之土官卓个卓霧亞生鷙而驍陰謀作亂會番當捕鹿申約計日先納錢米而後出草个霧等鼓衆大譟殺申及其夥十數人鎮道遣使招諭不得入乃發兩標官兵委署北路叅將進勦而新港蕭龍麻豆目加溜灣四社番爲前部个霧等阻險拒守四社番死傷甚衆既有獻計者曰岸裏社番穿林箐越澗谷如飛擒

個霧非此不可時岓裏社番尚未內附乃遣譯者入說其魁多致糖烟銀布番大喜自以收捕為功繞出吞霄山後日有擒獲官軍攻其前個霧等大窘將逃入山內岸裏番設伏擒之至郡尸諸市傳首以示諸番是役也勞師七閱月官軍被瘴死者數百人冰冷者淡水內北投土官麻里郎吼之婚姻也麻里郎吼有女字主張金賢賢將娶之其父憐其女幼也弗與告賢曰俟長以歸汝賢縛丈人于樹而撻之麻里郎吼以愬冰冷而泣冰冷故凶悍怒率衆射殺賢諸與賢善者皆殺之時方征吞霄冷遣使與個霧等通有水師把總者巡哨至淡水聞變潛泊海口冷未之覺把總遣他社番誘以貨物交易伏壯士水次縛之亟登舟比諸番出護已掛帆矣會吞霄既平諸番以首惡既誅因通事求撫把總惜失其名

四十年冬十二月諸羅劉却作亂伏誅 却為管事以拳捧自負日與無賴惡少往來插血為盟久之其黨有謀不軌者以為非却衆莫從乃深夜燃樟腦竊置却屋瓦火上燭召同盟者示之曰劉大哥舍中每夜紅光燭天非常兆也會却家神爐無故發火衆曰此不君即帥耳却心動穴地于舍伴置旧器冶鐵為刀鎗各械約日舉事臘月七日揭旗擊鼓爨下加冬營散其兵乘夜抵茅港尾掠市中貨亂民及諸番乘機四出刼掠破家者甚衆却退屯急水溪北路參將白道隆整衆禦之鎮道兩標並發兵應援越五日官兵大集戰于急水却大潰賊被殺者甚衆生擒其黨陳華何正等却走匿山藪常晝伏夜出四十二年二月擒獲于笨港之秀水莊師還斬却于市并其長子杖殺之妻孥皆發配

四十四年冬饑　詔蠲府屬三縣糧米

四十六年冬饑　詔蠲糧米十分之三

四十八年夏鹿耳門獲大魚一 狀似馬脊上有鬃長三四丈其尾如獅腹下四鬐如四足居民獲其一或曰即海馬也

四十九年冬饑

五十年秋九月十一日戌時地震

五十一年春　詔蠲本年應徵粟石　秋七月安平有物大如牛飛行水上至岓死 高可五六尺面如豕長鬚鬣耳竹批牙齒堅利皮似水牛

毛細如鬣四足如龜有尾土人爭致之繩木立碑後至海嘶嗽身直立聲三呼號聞者莫不驚悸既死郡人有圖形相告者究不知爲何物或名爲海馬亦非之

五十三年夏大井頭火延燒數百間　秋大旱　詔蠲臺灣鳳山粟米十分之三

五十四年秋九月大風地震

五十五年夏諸羅十八重溪出火數日乃熄溪內石洞三孔水泉圍繞忽火出其上高二三尺後至壬寅歲亦有見者此處水熱或謂卽溫泉蓄礦氣鬱蒸水石相激而火生焉

五十六年冬饑　詔蠲本年錢糧十分之三

五十九年鎮北坊民林進茂壽百歲進茂一堂四代妻洪氏年九十八　冬十月朔地大震　十二月八日又震房屋傾倒壓死居民凡震十餘日

六十年春三月大雨如注山摧川溢溪澗閉塞田園沙壓瀨口有大牛月雨犇騰下岸入水過三鯤身登陸由鎮城從大橋頭入海向大港而出小艇追之不及此不知爲鰻爲鯨爲水牛蓋兆鴨母之亂云　夏五月朱一貴倡亂陷府治總兵歐陽凱副將許雲戰歿總督覺羅滿保馳至廈門檄水師提督施世驃進兵南澳總兵藍廷珍統偏師援之　六月施世驃藍廷珍復臺灣械朱一貴至　京師磔之　秋八月十三日大風壞民居天晝赤提督施世驃駐兵郡城營房傾倒港內船隻皆擊碎兵民多壓死初狂民高永壽自首傀儡山後有朱一貴者謀爲不軌鞫之無實杖逐回籍五十九年十月朔臺地大震民間訛傳爲亂兆賊有杜君英者粵人也藉稱一貴在其家招集徒衆六十年四月十九日豎旗岡山奪汛塘軍器臺鎮歐陽凱遣遊擊周應龍討之賊搗埤頭敗應龍軍于赤山千總陳元戰死二十七夜攻陷南路守將苗景龍被執遇害把總林富戰死守備馬定國自刎死五月朔賊擁衆攻府安平協鎮許雲率遊擊游崇功千

總趙奇奉林文煌等引兵來援力戰俱死之臺鎭歐陽凱及遊擊孫文元守備胡忠義千總蔣子龍林彥石琳俱戰死遊擊劉得紫把總李茂吉被執茂吉罵賊不屈死之府治陷是日北路營亦陷守將羅萬倉死之其妾蔣氏自縊以殉時三邑俱陷惟北路上淡水都司陳策孤軍自保阻遠初四日羣賊立飼鴨者朱祖貴一貴稱義王僭號永和元年總督覺羅滿保十四日馳駐厦門檄水師提督施世驃南澳鎭藍廷珍赴澎湖討復滿保悉心調度發舟師萬七千人戰船五百餘艘適水漲丈餘駢進鹿耳門克復安平鎭時六月十六日也二十二日與賊戰鯤身賊却遊擊林秀等乘勝追入府治次南較場軍令嚴無敢犯民秋毫者郡民慶更生爭擔粥挈漿以迎越日藍廷珍等至自西港軍于萬壽亭二十三日提督施世驃行視郡中慰民疾苦遂軍于北較場二十五日

詔到諭賊就撫二十八日遣朱文等畧北路滿保又遣遊擊張駿會陳策于上淡水兼程而下夾攻一貴等一貴竄溝尾鄉民醉而縛之閏月獻俘軍門諸黨亦漸次就擒檻送京師磔之惟王忠未獲八月十三夜颶風大作雨如注火光閃閃燭天發屋碎舟營艦傾倒官哨商漁船俱覆軍民溺死無算賊餘黨黃輝卓敬等復糾衆小岡山捕獲斬之臺灣平冬十二月

詔蠲臺灣本年粟米

六十一年夏鳳山縣赤山裂長八丈闊四丈湧出黑泥至次日夜出火光高丈餘

雍正元年夏四月千總何勉獲逸賊王忠伏誅辛丑之變羣賊俱已伏誅惟王忠潛匿年餘未獲巡臺御史吳達禮黃叔璥奏請勒限緝拏總督覺羅滿保以中營千總何勉竭力用命專委捜緝勉備歷險阻訪知踪跡獲其親信羽黨使爲內應四月十四日夜擒王忠于鳳山解省正法事聞授何勉福州城守右軍守備仍從優議叙隨陞北路營叅將頒給世職准襲兩世拖沙喇哈番

三年秋七月大風

四年秋水沙連社番骨宗等戕殺民命總督高其倬遣臺灣道吳昌祚討之尋擒賊正法水沙連舊爲輸餉熟番朱逆亂後遂不供賦其番目骨宗等自恃山溪險阻屢出殺人迨雍正四年復潛踪出没恣殺無忌九月總督高其倬檄臺道吳昌祚到省面詢情形授以方畧委爲總統分路進攻務獲首惡以北路叅將何勉副之仍調淡水同知王汧協征時

次策初四日留中營遊擊黃貴守府治自率兵夜發初
五日辰刻直駐陴頭卽與叅將侯元勳守備張玉林如
錦等三路夾攻賊併衆拒官軍火礮齊發傷殺甚衆賊
却復集自辰向未戰數合賊大潰各奔竄潛匿我軍俘
獲蕭田等八人而還守備張玉外委千總徐學聖鄭光
宏戰死初六日班師回府斬所獲賊俘蕭田蕭夷蕭詔
李三許舉李成等于營門懸首示衆越數日福
生大概等三十餘賊俱擒獲解省伏誅南路平　夏六
月總督郝玉麟調呂瑞麟回府治檄新授福建陸路提
督王郡征討大甲西社番林武力等尋擒獲正法北路大甲
西社番林武力學生等結樸仔籬等八社以九年十二
月黨衆倡亂于彰化恣橫焚殺淡水同知張宏章走免
居民多被戕幾北路洶洶先是臺鎮呂瑞麟北巡至淡
水聞變回至貓盂被圍瑞麟奮身殺出入彰化縣治駐
劄徵兵府中累戰未克五月逆復結沙轆吞霄等十餘
社同反圍攻彰化縣治百姓奔逃絡繹于道六月總督
郝玉麟調瑞麟回府彈壓檄新授福建陸路提督王郡
討之七月四日郡同巡察覺羅栢修師至鹿仔港遣叅
將李蔭越遊擊黃貴林榮茂守備蔡彬等合兵圍阿束
社火礮齊發軍兵四面殺入羣逆不能當皆潛逸去郡

分叅將靳光瀚遊擊林黃彩守備林世正等各扼隘口
絕其去路八月渡大甲溪遣金門鎮李之棟遊擊高得
志李科守備呂九如林如錦等各路追殺逆逃去復糾
黨據險自守瘖發鏢箭傷人我師乘銳進追由大甲西
歷大安溪登大坪山直抵悠吾生番界皆有殺獲逆大
窘走南日內山峭壁峻絕番民採知巢徑僅一線魚貫
扳緣而上逆覺驟高巔下矢石如雨我師奮勇進鎗炮
交攻聲震山谷逆負創四竄擒其巢焚其積羣逆鼠竄
計窮于是各社相繼獻渠兇林武力學生等來降計擒
獲男婦一千餘名陣斬首級四十一傷死二十一名軍
前梟首一十八名撫脅從誅首惡遷集難民
遂班師時十一月五日也凡四閱月北路平
十三年冬十月彰化柳樹湳登臺莊生番肆出焚殺副將
靳光瀚同知趙奇芳緝獲眉加臘社番巴里鶴阿尉等
正法　十二月十七日丑時諸邑灣裏街地大震二次
倒壞民居多壓死者賑銀三千兩
乾隆三年臺鳳二邑災蠲銀粟有差臺灣蠲正供粟二萬一千五百餘石鳳山

蠲正供粟一萬四千四百餘石官莊被災田園蠲銀九百六十餘石

五年夏六月二十二日諸邑鹽水港大風雨四日夜民居損壞賑銀二百兩

九年冬十二月淡水廳白沙墩雷擊死巨魚二十二尾于沙上頭似豕魚身蝦尾頭長丈餘目生頷下口濶四尺腹寬二丈尾寬七尺約長三丈有奇身黑色聲如牛來時聞隱隱有雷聲隨潮擱淺如排列狀背上各有一孔黃水流出其肉壓爛不堪食油可熬燈居民以爲海翁魚云

十年秋八月澎湖被風災賑銀六百兩

十一年蠲免府屬額徵供粟先是十年本月二十日奉上諭閩省丙寅年地丁錢糧已全行蠲免惟是臺灣府屬一廳四縣地畝額糧向不編徵銀兩歷係徵收粟穀今內地各郡既通行蠲免而臺屬地畝因其編徵本色不得一體邀免非朕普遍加恩之意着將臺灣府屬一廳四縣丙寅年額徵共粟一十六萬餘石全數蠲免

十四年秋七月大雨水臺灣保大東西二里田園被水冲陷計八十四甲

十五年秋七月大雨水臺灣永康武定廣儲西新化新豐仁德北崇德等里田園被水冲陷計一百四十二甲零　八月大風壞民廬舍無算擊碎商船百餘艘知府方邦基舟溺于南日先是邦基以同知署府事時題請實授臺灣府奉旨陛見七月戊辰登舟八月乙亥自鹿耳門放洋越己卯遭風漂流一晝夜至南日島福清縣界衝礁舟碎隨從二十一人獲生者僅四人　諸羅大雨水土獅蘇豆等庄田園廬舍被水冲陷知縣周芬斗詳請蠲免　彰化縣大風壞民廬舍無算

十六年春正月北路左營守備蘇進德晉省領餉在洋漂沒

十七年夏六月地震不爲災 秋七月大風挾火而行俗名麒麟颶被處草木皆焦 文廟櫺星門石柱六根盡斷

十八年秋八月大風禾稼損傷

十九年秋九月諸羅大風雨禾稼損傷 詔緩徵租粟有差

二十三年秋七月諸羅大旱 冬十月諸羅大風三晝夜晚禾無收 詔緩徵租粟銀米有差

附考

鄭芝龍閩南安人明季與其劉香老同哨聚海上往來閩粵間既而投誠授南澳遊擊將軍討劉香老殄之封南安伯甲申我

朝定鼎分兵南下芝龍以兵降鄭成功者小字森舍芝龍庶長子也時年二十已入泮爲諸生方衣單綈閒步階前聞父降咨嗟太息頃之其弟襲舍自外來成功告之故且曰汝宜助我即與徒手出門從者十八人棹小舟至厦門隔港之古浪嶼山招集數百人方苦無資人不爲用適有賈舶自日本來者使詢之則二僕在焉問有資幾何曰僅十萬成功命取佐軍僕曰未得主母命森舍安得擅用閩俗父爲官其子皆得稱舍 成功怒曰汝視我爲主母何人敢抗即立斬之遂以其資招兵製械從者日衆竟踞金

厦門

鄭成功以弱冠招集新附踞守金厦門密邇內地閩省沿海港澳可以出兵進勦者在在皆是成功于內地港澳悉設舟師登陸爲寨撥守水口又徧布腹心于內地凡督撫提鎮衙門事無巨細莫不報聞皆得早爲之備故以咫尺地拒守二十餘年終不敗事其用心固已深矣成功于一切謀畫皆出己見其所任用不過荷戈執戟摧鋒陷陣之徒絕無謀士爲畫一策者非成功不好士亦非士不爲用良以謀畫無出成功右耳夜不就寢徧走達旦妻妾皆卧惟設酒果俟之成功至必取啖少許復走如故即寢亦無定所固防姦人刺客亦屬有所

思也同上

成功以海外島嶼養兵十餘萬甲胄戈矢罔不堅利戰艦以數千計又交通內地徧買人心而財用不匱者以有通洋之利也

本朝嚴禁通洋片板不得入海而商賈壟斷厚賂守口官兵潛通鄭氏以達厦門然後通販各國凡中國諸貨海外人皆仰資鄭氏于是通洋之利惟鄭氏獨操之財用益饒暨乎遷界之令下江浙閩粵沿海居民悉內徙四十里築邊牆爲界自是堅壁清野計量彼地小隘賦稅無多使無所掠則坐而自困所謂不戰而屈人之兵固非無見不知海禁愈嚴彼利益普雖知者不及知也即

疇昔沿海所掠不過厚兵將私橐于鄭氏儲積原無損
益同上
海外諸國惟日本最富強而需中國百貨尤多聞鄭氏
兵精頗憚之又成功爲日本婦所出因以渭陽誼相親
有求必與故鄭氏府藏日益自耿逆叛亂與鄭氏失好
耿兵方圖內犄鄭兵卽躡其後已據閩之興漳泉汀邵
粵之惠潮七郡養兵之用悉資臺灣自此府藏虛耗敗
歸之後不可支矣同上
成功久踞金廈門蓄志內侵造戰艦三千餘艘順治十
三年將大發兵窺江南過浙之東甌泊舟三日連檣八
十里見者增慄至江南羊山山有神獨嗜畜羊海泊過

者必置一生羊而去日久蕃息至徧山不可數計鄭氏
戰艦泊山下將士競取羊爲食故神怒大風驟至巨艦
自相撞擊立碎損人船什七八失利而返至十六年復
大舉入寇破京口犯江寧旋卽敗歸同上
成功持重操練舳艫陳列進退有法將士在驚濤駭浪
中無異平地跳躑上下矯捷如飛將帥謁見甲冑僅蔽
身首下體多赤足不穿有以靴履見者必遭罵斥併抑
其賞凡海外多淤泥陷沙惟赤足得免粘滯往來便捷
故也
閩總督陳名夏駐師漳郡城內力圖進勦鄭氏分兵沿

海港口與官兵拒守有門子李文忠素機警善承伺意旨爲總督親信凡應對傳語悉委任之實陰通鄭氏者一日夜入總督卧內刺之取其首並竊令箭馳馬出南門稱有軍機傳令出城無敢致詰以首獻成功成功以其弑主甚惡之薄與一官不滿所望歲餘以他事斬之同上

龍碽者大銅礮也成功泊舟粵海中見水底有光上騰數日不滅意必異寶使善泅者入海試探見兩銅礮浮遊往來以報命多人持巨絙牽之一化龍去一就縛旣出斑駁陸離若古彝鼎光艷炫目不似沉埋泥沙中物較紅衣炮不加大而受藥彈獨多先投小鐵丸斗許乃

入大彈及發大彈先出鐵丸隨之所至一方糜爛成功出兵必載與俱名曰龍碽然龍碽有前知所往利卽數人牽之不知重否則百人挽之不動以卜戰勝莫不驗康熙十八年劉國軒將攻泉郡龍碽不肯行強舁之往及發又不燃國軒怒杖之八十一發而炸裂如粉傷者甚衆同上

成功婦董氏勤儉恭謹日率姬妾婢婦爲紡績及製甲冑諸物佐勞軍成功于賞賚將士揮千萬金不吝于女紅不令少怠使絕其淫佚之萌可謂得治內之道者矣同上

成功立法尚嚴雖親族有罪不少貸有功必賞金帛珍

賞頒賚無恡容傷亡將士撫卹尤至故人皆畏而懷之咸樂爲用其立法有犯奸者婦人沉之海姦夫死杖下爲盜不論贓多寡必斬有盜伐人一竹者立斬之至今臺灣百貨露積無敢盜者以承峻法後也長子錦舍即鄭經與弟裕舍乳母某氏通成功知之命以某氏沉海錦舍又私匿之已逾三載無敢爲成功言者某氏恃寵頤陵錦舍婦婦不能堪以告其祖父唐某某號枚臣者爲致書成功時錦舍守厦門成功居臺灣以令箭授禮都事黃元亮命渡海立取錦舍頭來并令錦舍母董氏自盡母子遷延未即死會成功病亡得免時年三十有九同上

明末監國以兵從者悉加顯秩鄭成功兵力獨強賜姓朱氏至僭號晉封延平王給金印成功受而藏之終身不一用仍稱招討大將軍其居臺灣傳三世悉遵明末紀元同上

陳參軍永華字復甫泉之同安人父某科孝廉以廣文殉國難永華時年舞象試冠軍已補龍溪博士弟子員因父喪遂隨鄭成功居厦門成功爲儲賢館延四方之士永華與焉未嘗受成功職也其爲人淵冲靜穆語訥訥如不能出諸口遇事果斷有識力定計決疑瞭如指掌不爲羣議所動與人交務盡忠款居平燕處無惰容布衣蔬食泊如也成功常語子錦舍曰吾遺以佐汝汝

其師事之成功既沒鄭經耀襲以永華爲參軍慨然以身任事知無不爲謀無不盡經倚爲重知其貧常以海舶遺之謂商賈慨此歲可得數千金永華卻不受強與輒遣風敗更與之亦然永華笑曰吾固知吾命窮徒損他人資無益臺郡多蕪地永華募人闢之歲入穀數千石此穫悉以遺親舊量其所需或數十百石各有差計已所存足供終歲食而已逮耿逆以閩叛鄭經乘機率舟師攻襲閩粵八郡移駐泉州使永華居守臺灣國事無大小惟永華主之永華轉粟餽餉五六年軍無乏絕初鄭氏爲法尚嚴多誅殺細過永華一以寬持之間有斬殺悉出平允民皆悅服相率感化路不拾遺者數歲

一日命家人灑掃廳事內設供具扃閉甚嚴日齋沐具表入室拜禱願以身代民命或曰君秉國鈞民之望也今爲此實駭觀聽其若民心何永華曰此吾所以爲民也復嘆曰鄭氏之祚不永矣居無何告其家人曰上帝命吾宰茲郡將以明日往詰朝端坐而逝婦洪氏小字端舍同邑人賦質幽閒有齊眉舉案風晨興盥沐畢夫婦衣冠歛袵揖而後語尤長詞翰精筆札閨門之內切磋不異良友永華冗不暇給凡文移尺牘屬稿及丹筆批答多洪爲捉刀而措語字畫與永華無異人不能別

子夢緯夢球 同上

陳烈婦者永華季女鄭經長子欽舍婦也欽舍甫弱冠

性剛毅果斷遇事敢爲經愛任之先是鄭經幼好漁色多近中年婦人民婦爲經諸弟乳母者經皆通焉有昭娘者遂納爲妾有寵經妻唐氏無出昭娘首生欽舍當時流言昭娘假娠乞養實屠者李某子獨鄭經謂生時目覩不之信族人竊誹之未幾昭娘以衆嫉死矣逮耿逆變亂鄭經統舟師渡海駐泉郡志圖內向以欽舍守臺灣號爲監國監國居守裁決國事賞罰功罪一出至公卽諸父昆弟有過不少假用是宗族多怨之及鄭經自廈門敗歸覩監國處分國事悉當益信其賢自是軍國事悉付裁決與精兵三千人爲護軍宗族益憚監國而含怒愈深矣會經疾遽亡未立後家人方治含殮經

母董氏出坐幃中傳集各官聽讀遺命立新主逡巡未舉經諸弟白董氏先收監國印董氏命太監往取印欽舍不與時因訛傳監國率兵且至衆倉惶不知所出羣妾有和娘者卽克塽母也曰監國必無是請往取之欽舍曰此印先君所授軍國繫焉向使一介傳命眞僞莫據何可輕付和娘來固當持去遂隨和娘至喪次再拜董氏前納印董氏曰汝非鄭氏骨肉寧不知乎欽舍未及對經弟羣起撻之欽舍笑曰撻我無足武我平日不避嫌怨守法不阿亦爲鄭氏軀土耳今日死生惟命何撻爲董氏命置旁室中不令出經諸弟又遣烏鬼往縊之烏鬼畏不敢前欽舍知不能生遂自縊死明日立克

㶚為嗣克塽小字秦舍而移欽舍柩于門外別室董氏謂烈婦曰汝參軍女也參軍于國有大功汝居宅中當善視汝烈婦曰昔爲鄭氏婦今屠兒婦矣尚安居此柩旣舉烈婦扶柩出人莫能沮至喪所晝夜哀啼不輟路人聞之莫不殞涕其兄慰之曰汝娠未毓盍存孤以延夫後不猶愈于死乎烈婦曰他人處常妹所處者變也縱生孤孰能容之有死而已絕粒七日不死復雉經與欽舍合葬郡治洲子尾海岓間婦幼習文史工書知大體實秉母教亡年二十旣葬臺人士常見監國乘馬呵殿往來或時與烈婦並出容服如生導從甚盛人以爲神云同上

鄭氏善穴地爲隧攻城多從隧入守者不能禦海澄公黃梧故鄭將也投誠封公守海澄縣鄭兵圍急梧堅守不下謂其將曰彼將爲隧何以禦之衆懼莫對明日梧下令徧取水缸盆盂數千命于城內五步置一缸貯水都滿遶城皆徧每缸撥兵民五人守之更迭互易使注視水中晝夜無輟明日有報盆水微動者趨兵掘視則爲隧者已至其下矣卽入火藥隧中燃之烟出鄭營隧人皆燼此法前人用兵所未行書之以備城守之鈌同上

順治十六年鄭成功大舉入寇七月抵焦山進據瓜州趨鎮江逼薄金陵八月至觀音門我師以步卒擣其中堅而以騎兵繞山出其背前後夾擊成功大敗十七年五月

世祖命將軍達素總督李率泰率兵大搜兩島（廈門 金門）十八年議取臺灣三月成功泊澎湖次鹿耳門紅夷大驚成功引兵登陸克赤嵌城十二月圍王城不下成功乃使人告之曰此地乃先人故物今我所欲得者地耳餘悉以歸爾荷蘭乃降康熙元年成功卒二年

天子銳意南征遣人約紅夷合兵攻島大兵入兩島之賊爛焉

康熙辛丑六月初三日

上諭臺灣衆民據督臣滿保等所奏臺灣百姓似有變動滿保于五月初十領兵起程朕思爾等俱係內地之民非賊寇之比或爲饑寒所迫或爲不肖官員苛刻遂致

一二匪類倡誘衆人殺害情知罪不能免乃妄行強拒其實與衆何涉今若遽行征勦朕心大有不忍故諭總督滿保令其暫停進兵爾等若卽就撫自諒原爾罪若執迷不悟則遣大兵圍勦俱成灰燼矣臺灣只一海島四面貨物俱不能到本地所產不敷所用祗賴閩省錢糧養生前海賊佔據六十餘年猶且勦服不遺餘孽今匪類數人又何能爲諭旨到時卽將困迫情由訴明改惡歸正仍皆朕之赤子朕知此事非爾等本願必有不得已苦情與其坐以待斃不如苟且偷生因而肆行擄掠原其致此之罪俱在不肖官員爾等俱係朕歷年豢養良民朕不忍勦除故暫停進兵若總督提督總兵官

統領大兵前往圍勦爾等安能支持此旨一到諒必感
撫不得執迷不悟妄自取死特諭 赤嵌筆談
朱寇警報至郡總兵歐陽凱令遊擊周應龍帶兵四百
人并調新港目加溜灣蕭壠麻豆四社土番隨往應龍
傳諭殺賊一名賞銀三兩殺賊目一名賞銀五兩土番
性貪淫殺良民四人縱火燔民居復斃八人衆咸股栗
賊黨借兵番殺掠爲辭鼓煽村莊由是紛紛響應號召
豎旗殺總兵全臺陷沒 平臺紀畧
周應龍駐兵南仔坑軍士風餐露宿每多怨咨刺書告
急立弔北路番爲先鋒所至奪民衣食掠淫漢婦妄殺
平民槩不禁制居民遭番戕毒各里社會立僞旗賊勢

益振迫後府中紛紛避難縣官出入單騎無侍從新港
土番率衆至府白晝劫奪百姓羣殺之縣官不敢過問
臺陽運會編
朱一貴原名朱祖在岡山養鴨作亂
賊夥詭稱海中浮玉帶爲一貴造逆之符既得郡治
一貴自稱義王僭號永和以道署爲王府餘孽有平臺
國公開臺將軍鎮國將軍內閣科部巡街御史等僞號
散踞民屋刼取戲塲幞頭蟒服出入八座炫耀街市戲
衣不足或將桌圍椅背有綵色者披之冠不足或以紅
綠紬紵色布裹頭以書籍絮甲 赤嵌筆談
變後居民避難絡繹海上風恬浪靜寸艇飛渡不畏重

洋之險同上

大師自六月十六日進鹿耳門十七日下安平鎮二十二日復府治未及浹日奏捷

鄭逆流毒沿海州郡迨破金廈兩島賊退守臺澎越二年乃滅之朱一貴爲亂未兩月便授首二事遲速不同何也蓋鄭逆竊踞海上歷有年所黨與尚多且踞澎湖是臺灣多一門戶故其道主緩圖而爲萬全之計朱一貴雖號稱十餘萬賊卒係烏合之衆時水師副將許雲度勢已不支揮民船使歸內地厰內戰艘未成者悉焚之賊故不得取澎湖又與賊將杜君英相攻殺故其道主急攻而得制勝之術此其所以異也然而有同焉者臺灣南北中三路皆有港門可入中路鹿耳門最稱險要乃前者將軍施琅誓師期諸將取鹿耳門後者總督

滿保詭稱三路並發及期仍令齊攻鹿耳門何也蓋鹿耳門一入便登安平鎮港內戰艘均在是已斷其出海之路矣安平隔港即臺灣府賊失鹿耳門必退守七鯤身我師由陸可以直攻其首由水可以衝攻其腹水陸合攻賊必不支府地又無城郭可守便當引去南北二路黨與孤危不過傳檄可以立定矣此其所以同也抑聞之康熙癸亥年克鄭逆舟進港時海水乍漲康熙辛丑年克朱一貴舟進港時海水亦乍漲前後若合符節

蓋由
聖人在上海若效順
王師所指神靈呵護理固然耳然在臣子效
命必求萬全老將行師自有授受所以閉戶造車出門合
轍者此中蓋有機焉大機有二義一曰機謀之機謀則
至精至確故其機不可失而後一舉有必勝之方畧一
曰機緘之機緘則至愼至密故其機不可露而後百發
有百效之韜鈐況臺灣爲海疆最要地用兵乃
國家之機事持籌者使將士奉令以往成功而退可矣而
不必使明其故者蓋有深意在焉平臺紀畧

雜著

東番記 明莆田周嬰著
臺灣輿圖考一卷 鄞縣沈光文文開著
文開文集一卷 同上
文開詩集二卷 同上
臺灣賦一卷 同上
草木雜記一卷 同上
流寓考一卷 同上
靖海紀二卷 晉江施琅尊侯著
平南事實一卷 同上
臺灣雜記一卷 梁溪季麒光蓉洲著
蓉洲文稿一卷 同上

山川考畧一卷同上

海外集一卷同上

省軒郊行一卷鐵嶺沈朝聘省軒著

臺灣紀畧一卷長樂林謙光芝嵋著

赤嵌集四卷桐城孫元衡沜南著

稗海紀遊一卷武林郁永河滄浪著

番境補遺一卷同上

海上紀畧一卷同上

東征集二卷漳浦藍鼎元玉霖著

平臺紀畧一卷同上

遊臺詩一卷漳浦陳夢林少林著

赤嵌筆談四卷北平黃叔璥玉圃著

番俗六考三卷同上

番俗雜記一卷同上○以上八卷統名臺海使槎錄

巡臺錄一卷浮山張嗣昌著

臺灣志畧三卷濟水尹士俍東泉著

瀛壖百詠一卷錢唐張湄鷺洲著

臺灣風土記一卷衡陽劉良璧省齋著

臺海采風圖考一卷白麓六十七居魯著

番社采風圖考一卷同上

使署閒情一卷同上

婆娑洋集二卷仁和范咸浣浦著

澄臺集一卷長洲莊年榕亭著

臺灣府志十卷楡林高拱乾撰

重脩臺灣府志二十卷衡陽劉良璧省齋撰

臺灣縣志十卷虞山王禮立山撰

鳳山縣志十卷灤水李丕煜暘叔撰

諸羅縣志十二卷漳浦陳夢林少林撰

附考

桐城孫元衡字湘南素工詩官臺灣同知所著赤嵌集王阮亭司寇謂裸人叢笑篇及詠禽魚花草諸什可作臺灣圖經風土志竟可自爲一書赤嵌筆談

東吟詩一名福臺新詠四明沈光文宛陵韓又琦關中趙行可會稽陳元圖無錫華衮鄭廷桂榕城林奕丹霞吳蕖輪山楊宗城螺陽王際慧前後倡酬之作吳有桴園詩集楊有碧浪園詩又有東吟倡和詩季麒光與臺令沈省軒所作惜俱未見同上

叢談

宋朱文公登福州鼓山占地脈曰龍渡滄海五百年後海外當有百萬人之郡今歸入版圖年數適符熙熙穰穰竟成樂郊矣赤嵌筆談

鳳山相傳昔年有石忽自開內有識云鳳山一片石堪容百萬人五百年後閩人居之舊志

又傳佃民墾田得石碣內鐫山明水秀閩人居之八字福建通志

明都督俞大猷討海寇林道乾道乾戰敗艤舟打鼓山下恐復來攻掠山下土番殺之取其血和灰以固舟乃航于海餘番走阿猴林社相傳道乾有妹埋金山上有竒花異果入山樵採者摘而啖之甘美殊甚若懷之以歸則迷失道雖識其處再往則失之陳小厓外紀

明崇禎庚辰閩僧貫一居鷺門即今廈門夜坐見籬外陂陀有光連三夕怪之因掘地得古甎背印兩圓花突起面刻古隸四行其文曰草鷄夜鳴長耳大尾干頭銜鼠拍水而起殺人如麻血成海水起年滅年六甲更始庚小熙

皞太和千紀凡四十字閩縣陳衎盤生明末著槎上老舌一書備記其事至

國朝癸亥四十四年矣識者曰雞酉字也加草頭大尾長耳鄭字也干頭甲字鼠子字也謂鄭芝龍以天啟甲子起海中爲群盜也明年甲子距前甲子六十年矣庚小熙皞寓年號也前年萬正色克復金門廈門今年施琅克澎湖鄭克塽上表乞降臺灣悉平六十年海氛一朝盪滌此固

國家鑒長之福而天數已預定矣異哉池北偶談

臺灣東北有暗澳昔年紅夷泊舟其地無晝夜山明水秀萬花徧山中無居人紅夷謂其地可居留番[illegible]人

居此給以一歲之糧次年舟復至則山中俱如長夜所留之番無一存者乃取火索之別無所見惟石上留字言至秋即成昏黑至春始旦黑時山中俱屬鬼怪番人漸次而亡蓋一年一晝夜云舊志

臺灣土番種類各異有土產者有自海船飄來及宋時零丁洋之敗遁亡至此者聚衆以居男女分配故番語處處不同沈文開雜記

鳳邑治有岡山未入版圖時邑中人六月樵于山忽望古橘挺然岡頂向橘行里許則有巨室一座由石門入庭花開落堦砌繁榮野鳥自呼而廊宇寂歷間留題詩語及水墨畫蹟鑱存各半比登堂一無所見惟危坐一老人

出見人搖尾絕不驚吠隨犬入折緣徑恣觀環室皆徑圍橘樹也雖盛暑猶垂實如碗大摘啗之瓣甘而香取一二置諸懷俄而斜陽掠入樹樹含紅山風襲人有淒涼氣輒荷樵尋歸路遍處誌之至家以語其人出橘相示謀與妻子共隱焉再往遂失其室并不見有橘古橘岡詩序

鄭成功起兵茶毒濱海民間患之有問善知識云此何孽肆毒若是答曰乃東海大鯨也問何時而滅曰歸東即逝凡成功所犯之處如南京溫台并及臺灣舟至海水爲之暴漲順治辛丑攻臺灣紅毛先望見一人冠帶騎鯨從鹿耳門而入隨後成功舟由是港進癸卯成功未

疾時轄下夢見前導稱成功至視之乃鯨首冠帶乘馬
由鯤身東入于外海未幾成功病卒正符歸東即逝之
語則其子若孫皆鯨種也癸亥四月鱷魚登岸而死識
者知其兆不隹至六月澎師戰敗歸誠亦應登山結果
之兆焉 臺灣志畧

荷蘭爲鄭成功所敗地大震鄭克塽滅地亦震朱一貴于
辛丑作亂庚子十月亦地震維時南路傀儡山裂其石
截然如刀劃狀諸羅山頽其巔噴沙如血土人謂兩山
相戰 赤嵌筆談

荷蘭時南北二路設牛頭司牧放生息千百成羣犢大設
欄檻縶之牡則俟其餒乃漸飼以水草稍馴狎閹其外
腎令壯以耕以輓犗者縱之孳生 小厓外紀

珊瑚出琅嶠海底有枝葉色如鐵俗呼鐵樹與八寶中之
珊瑚逈殊無足異者 臺灣風土記

龍涎香傳爲鰍魚精液泡水面凝爲涎能止心痛助精氣
以淡黃色嚼而不化者爲隹番子浮水取之價十倍不
可多得 同上

臺地從無產珠開闢後鳳山下莊海中蠣房產珠如稷米
大名鳳山珠不堪飾簪珥只用以充藥品 同上

陸路提督萬正色有海舟將之日本行至雞籠山後因無
風爲東流所牽 傳臺後萬水朝東故其舟不勝水力 抵一山得暫息舟中
七十五人皆莫識何地有四人登岸探路見異類數輩

疾馳至攫一人共噉之餘三人逃歸遇一人于莽中與之語亦枭人攜之登舟因具道妖物噉人狀莽中人曰彼非妖蓋此地之人也蛇首猙獰能飛行然所越不過尋丈往時余舟至同侶遭噉惟余獨存問何以獨存故則舉項間一物曰彼畏此不敢近耳衆視之則雄黃也衆皆喜曰吾輩皆生矣出其麓有雄黃百餘斤因各把一握項之蛇首數百飛行而來將近船皆伏地不敢仰視久之逡巡而退遠後水轉西流其舟仍回至廈門乃康熙二十三年甲子八月間事臺灣志界

明太監王三保舟至臺投藥水中令土番染病者于水中洗澡即愈同上

明太監王三保植薑岡山上至今尚有產者有意求覓終不可得樵夫偶見結草爲記次日尋之弗獲故道有得者可療百病同上

鳳山縣有大呂覔山相傳大呂覔番原居此山有芋一叢高丈餘月將出時有二物如鳳凰從芋下奮翮振羽騰飛戾天其番驚怪移居社內云舊志

鄭氏將亡時大疫有神曰天行使者來居安平鎮陳永華宅永華與相酬接自是鄭氏主臣眷屬凋喪殆盡同上

臺郡士夫健卒喜賭博永夜讙呶呼盧之外或壓銅錢射寶字以賭勝名曰壓寶又爲紙牌三十頁分文武院科四項文尊閣老武尊國公院尊學士科尊狀元每項九

等納粟列廡吉士之上（臺灣使槎錄）

鴉片烟用麻葛同鴉土切絲于銅鐺內煮成鴉片拌烟另用竹筩實以椶絲羣聚吸之索值數倍于常烟專治此者名開鴉片館吸一二次後便刻不能離暖氣直注丹田可竟夜不眠土人服此爲導淫具肢體萎縮臟腑潰出不殺身不止官弁每爲嚴禁常有身被逮繫猶求緩須臾再吸一筩者鴉片土出咬𠺕吧（同上）

外島

琉球　在臺海正東船行由大雞籠山水程四十三更可至（稱爲東洋）其國王有三曰中山王曰山南王曰山北王其人深目多鬚有職事者以金銀簪爲差等賤者祇空髮

束之士人結髻于右漢裔結髻于中俱用色布纏之紫黃爲貴紅綠次之以青爲下衣則寬博廣袖腰束大帶亦以色布爲之稍貴者纏文錦凡屋地多舖板簟潔不容塵無貴賤皆著艸履入室則脫惟謁見使者始具冠履殊苦束縛婦人以墨黥手爲花草鳥獸形首不簪珥顏無粉黛足與男子同履上衣之外更用幅如帷周蒙背上見人則升之以蔽面下裳摺細而制長足不令顯名族大姓之妻出入戴箬笠坐馬上女僕三四從之君臣上下各有節級王親雖尊不敢與政文有大夫長史都通事等官專司朝貢之事武有法司察度遏闥那霸港耳目等官分司刑名錢穀訪聞之事王則升日視朝

自朝至日中昃凡三次羣臣搓手膜拜爲敬遇聖壽長至元旦王統衆官肅冕服嵩呼祝慶儀同內地食用匙筯異味先進尊者有竊盜輒加剖腹刳腸之刑鹽船漁艇制與中國稍異俗敬神以婦人不二夫者爲尸降則數著靈異民咸慄懼王及世子陪臣莫不稽首下拜國有不良神輒告王指其人擒之倭寇謀犯境神易水爲鹽化米爲沙尋則解去土產則禾苧土絲紫菜魚鼈龍蝦螺螄等物野鮮則熊虎豺豹多鹿且富牛馬羊豕貨惟硫磺皮紙螺蚌殼螺可爲箴栗蚌殼螄之可以鑲帶外此則有紙扇烟筒其製陋劣不足貴穀蔬果品頗同中國獨不宜茶即蓺亦不生賦法畧似井田王臣民各

分土爲食有事暫取子民爭棱即已明洪武五年初入貢二十五年遣王子及陪臣子入太學永樂時山南山北爲中山所并

國朝順治三年投誠請封以後每二歲一貢方物率以爲常其使艦往往被風飄泊至臺官皆爲給船俾達福省云

日本 古倭奴國亦稱東洋 在臺海東北由大雞籠經關潼白畎過盡山花鳥嶼放船水程五十九更可至長岐或作崎港長岐者日本互市地也有上將軍主之王則住京城稱爲東洋去長岐極遠不干政事爲上將軍守府而已故歷代止爭將軍無有爭王者其民白皙剛勁好勇視死如歸男子生則授一利刃出入佩之遇有所爭輒以死相搏

其黥者先刺仇家然後自割其腹國法獨許𣩵自割者以其勇也凡屋地鋪厚褥方廣與室稱名曰毯踏綿入必脫履戶外食用漆器父子夫婦不同席計人給蔬羹各置一方盤自食物產金銀琥珀水晶硫磺水銀紅銅白珠青玉蘇木胡椒細絹花布螺鈿漆器鯀魚鮑魚子魚綿紙扇犀象刀劍之類首飾銀器極精又有烏金香爐酒瓶手釧等玩與中國貿易不用金銀惟以所有易所無婦人美姿容不施粉自白髮光澤異常衣絲褸赤足著鈌後朱履名曰淺拖長岐有大唐街〔皆中國人所居立唐人爲甲螺以治之〕有花街賈舶至則盡驅人入土庫擇其貴者送以妓侑勿得擅却留不與私歸時亦當計日算緡遣之

明之中季其賊民相率駕舟寇沿海閩粵以爲患

國朝定鼎以來德威遠播其上將軍約法嚴禁寸板不得下水以是不得恣其奸而海邊烽火永息焉嘗有西洋化人蠱惑民盡服天主教未幾王與上將軍覺乃盡驅化民殲之因禁絕西洋貨物商船犯此則罹禍最慘又鑄化人頭置津處令中國人踐之紅毛船望長岐山則股慄度不得脫則自爲計以其恨之深也長岐最愛臺貨其白糖青糖鹿獐等皮價倍他物至古蹟書畫又無價矣〔日本人皆複姓其單姓者徐福配合之童男女也徐福所居之地名曰徐家村其塚在熊指山下〕

呂宋　在臺海東南船行由南沙馬磯斜指巽方經謝昆山大小覆金山水程五十八更可至〔稱爲南洋〕其國甚小顏

產黃金其人質樸爲紅毛所據與西洋人雜治之分其地爲二十四郡有化人巴黎共操其柄禁民不得書作寢室不閉夫婦共寢邏者時時遶榻前偵視有女及笄必候巴黎揀選有姿色者輒留之色稍衰乃令出嫁男子將婚必赴巴黎跪聽咒法以毒油滴其額名曰淋水人死不得葬埋舁置萬人坑中三年後請坑舉而棄諸海西洋商貨多聚其市王不得久居位乃紅毛自其本國遣來者率數載一易無定期視理政能否爲黜陟相傳黜歸舊王皆從舟中鴆殺之土人蓬髮短衣跣足惟紅毛則具冠履著窄袖衣袴取包臂襪名沒大小言無大小皆能如其股而著之也衣袴俱用極細哖爲之胸

前鈕扣不下二三十顆冠制如樂器之鈸有職事者手持藤條謂之狗極常巡街市察民奸以法繩之鑄銀爲錢每顆重七錢有奇謂之大錢半其重者爲中錢遞而輕之至一錢八分以至九分四分二分半者謂之茇子郎令臺地所用番銀是也

咬𠺕吧（一作葛喇吧）在臺海極西水程二百九十一更可至本爪哇地紅毛奪之其初土人輕捷善鬬紅毛製爲鴉片烟誘使食舉國爭趨如鶩久遂疲羸受制竟爲所據其人凡三種紅毛爲貴中國商販留住者謂之唐人久者曰舊唐初寄籍者曰新唐次貴土人爲賤凡屋制高地覆板鋪藤花席跏趺而坐王騎象或牛民蓬頭女椎髻

上衣下幌西洋化人巴黎之屬與紅毛分持其柄同于呂宋坐卧無椅榻食無匙箸法尚嚴約束紅毛及唐人無得吃鴉片犯則重罰不宥然唐人往往竊食至有攜其土入中國依法製烟流毒漳泉厦門今則蔓延及臺雖禁不能遽絕物產金珠銀犀角象牙玳瑁青鹽檳榔椒香蘇木桄榔吉貝倒掛鳥綠鳩綠鳩紅綠鸚鵡白鹿白猿猴鑄銀爲錢其製豐眷與呂宋同而異由咬𠺕吧西行水程二十更至萬丹再二十更至馬神由咬𠺕吧西北水程三十更至啞齊其舟航所不能往者爲英圭黎皆西洋荷蘭之屬

西洋　在西海外去中國極遠其人拗目隆準狀類紅毛

然最多心計又具堅忍之志析理務極精微推測象緯歷數下逮器用小物莫不盡其奇與用心之深將奪造化之秘父謀不遂子孫繼之一世不成十世爲之既窮其妙必使國人共習而守之其先世多有慧人入中國竊得六書之學又有利瑪竇者能過目成誦終身不忘明季來中國三年遍交海內文士于中國書無所不讀多市典籍歸教其國人悉通文義創爲七克等書所言雖孝悌慈讓其實似是而非又雜載彼國事實以濟其天主教之邪說誘人入其教中中國人士被惑多歸其教者

紅毛　即荷蘭又曰紅夷一名波斯胡在臺海極西實西

洋附庸也性貪狡能識寶器善貨殖重利輕生貿易無遠不至其船最大用板兩層斲而不削製極堅厚中國謂之夾板船其實圓木爲之非板也又多巧思爲帆如蛛網盤旋八面受風無往不順海洋相遇常遭其刦惟廣南創爲小船名曰軋船操檝飛行駕巨艘于上攻夾板船底底破卽沉今紅毛人見廣南軋船猶畏之物產自鳴鐘水鏡目鏡哆囉哖嗶吱紗緞之類皆中國所不能製者凡到一處輙覷爲奇貨百計據之昔年遭風至臺則以牛皮之說誘佔其地築城互市管束其民蓋臺灣先年琉球日本紅毛相繼竊踞鄭氏踵之爲閩廣江浙邊患數十年自我

朝收入版圖以來山不伏莽海不揚波皆臺灣捍禦之力焉

大崑崙　在大海中去臺灣極遠與暹羅稍近其山最高且廣五穀不種自生果木繁植百艸蔓焉但空山無人明季海寇林道乾自臺遁去會至此山見其風景特異欲留居之奈龍出無時風雨暴烈海浪掀騰舟不可泊意其下爲蛟龍窟穴乃棄去復之大年（國名也在暹羅西南）先年臺灣有老人經隨道乾至大崑崙者尚能詳言之後鄭成功不安臺灣有卜居大崑崙之志咨訪水程風景甚悉會病亡不果行

暹羅　本暹與羅斛二國後併爲一稱暹羅國漢赤眉遺

種在臺海極南水程一百四十一更可至其國方千里羣山環繞峭拔崎嶇地下濕土疎惡氣候嵐熱不齊王宮壯麗民樓居其樓密聯檳榔片藤繫之甚固藉以藤薦竹簟寢處于中鱷魚潛伏樓下伺人畜影攝入水中吞之向晚人必牽牛緣梯置樓上王白布纏首腰束嵌絲帨如錦綺跨白象或乘肩輿尚釋教國人效之好爲僧尼僧善咒人有爲鱷魚戕害者訟諸僧即咒拘立至數其罪魚俯伏乃杖而放之 人多智夫聽于妻妻與中國人私不爲怪婚則僧爲迎壻至女家僧取女紅貼男額稱利市喪禮貴者灌水銀葬民間鳥葬言語大類廣東俗澆浮習水戰好鬭喜寇掠市用海貝煮海爲鹽釀朮爲酒產寶玉奇香異木翠羽獅白象白鼠蘇木六足龜珊瑚地宜種穀多穫水長丈餘禾亦暴長出水不患淹明洪武間其王遣子奉金葉表朝貢後數年復貢象及方物永樂間遣使上表貢方物乞量衡式賜古今列女傳量衡令三年一朝貢至

國朝猶朝貢以時尤足徵

聖化誕敷無遠弗屆云

安南 在臺海正西秦屬象郡漢武帝平南越置交趾郡與滇南越西相連後漢伏波將軍馬援征交趾立銅柱以分茅嶺爲界唐改日交州自臺水程八十三更可至其俗彝獠雜居獷悍喜鬭不解耕種椎髻剪髮好浴善

蘇祿　在臺海東南水程山紗馬礒抵呂宋放船經文武樓山呂蒙山一百二十六更可至其俗山涂田瘠宜種粟麥民食沙糊魚鰕螺蛤煮海爲鹽釀蔗爲酒織竹布爲業土產竹布玳瑁珍珠苦楝所居在海山小島築外木內石牆垣一道長二里許以作防守聚居不過千人無銀鐵使用率以布疋米穀相交易明永樂間其國王嘗率妻子酋長來朝歸過德州而卒後遂不通貢至

國朝雍正四年遣使龔廷綵（泉州人）同通事賫表文方物入貢乾隆五年有蘇祿番目烏人皆色爹船送被災泉人回唐并獻書水師提督興泉道代求

奏請來歲入貢遭颶風飄泊到臺官爲咨送赴廈（以上皆舊志）

附考

東西洋通販諸國西洋則交趾占城暹羅下港咬𠺕吧東埔寨大泥舊港麻六甲啞齊彭亨柔佛丁機宜思吉港文郎馬神東洋則呂宋蘇祿貓里務沙瑤吶嗶嘽美洛居文來雞籠淡水（談薈）

給事中傳元初疏海濱之民惟利是視走死地如鶩往往至島外區脫之地曰臺灣者與紅毛番爲市紅毛業據之以爲窟穴自臺灣兩日夜可至漳泉內港而呂宋佛郎機見我禁海亦時時私至雞籠淡水之地與奸民闌出者市貨其地一日可至臺灣官府卽知之而不能禁禁之而不能絕徙使沿海將領奸民坐享洋利有禁

掃蕩鄭逆不覺讐服 赤嵌筆談

康熙二十五年荷蘭王耀漢連氏甘勃氏遣陪臣賓先吧芝復奉表進貢表詞有云外邦之丸泥尺土乃是中國飛埃異域之勺水蹄涔原屬

天家滴露云云貢物大珊瑚珠一串照身大鏡二面奇秀琥珀二十四塊哆囉絨二十五疋織金絨毯四領烏羽緞四疋綠倭緞一疋嗶嘰緞二十疋織金花緞五疋雜色細軟布文采細織布白毛裏布二百九十四疋大自鳴鐘一座琉璃燈一圓聚耀燭臺一懸琉璃盞異式五百八十一塊丁香三十擔冰片三十二斤甜肉豆蔻四甕鑲金小箱一隻內丁香油薔薇油檀香油桂花油各

一礶葡萄酒二桶大象牙五隻鑲金鳥銃三十把馬銃六十把彩帶三十佩鑲金佩刀三十把鑲金雙利劍二十把單利劍六把照星月水鏡一執江河照水鏡二執雕製夾板二隻 池北偶談 由呂宋放船往西南至文來港水程七十更自臺計之一百二十八更至宿霧港水程七十二更自臺計之一百三十更二國小弱同于琉球 臺灣志畧

東京亦交趾地明時黎氏為外家所據遂另為一國由臺至東京水程八十九更自東京渡海十二更抵安南其兩海自港口橫渡雖甚廣漸西漸隘而海亦盡蓋皆海之支汊也 上同

凡海舶直指南離至東京廣南占城東埔寨暹羅等處漸轉而西歷柔佛六崑又轉北經大年舊港始抵麻六甲其各處山勢皆遥相接連計麻六甲在雲南緬甸之後雖曰海道皆依山沿海而行實未嘗横渡大海也同上

西洋紅毛相傳遠隔黑洋語不可信蓋西洋紅毛種落最繁或分或聚名號不一欲指其處而不可定遂以黑洋一語令其所部之遠耳同上

由臺至占城水程九十二更至東港一曰東埔寨水程一百一十一更其城郭宫室風景物産與廣南暹羅畧同同上

由臺至柔佛一百五十一更至六崑一百七十一更至杓仔一曰大年一百九十一更至舊港二百零一更至麻六

甲二百一十一更自柔佛至麻六甲皆遵西洋法度其人掬目隆準狀類紅毛有白鬼黑鬼之分所聚俱西洋商賈奇巧百出同上

海洋中大崑崙山外又有小崑崙山丁盤山舟行至此不見北斗將軍帽山更有東竹山西竹山皆空山無人而爲海中巨島其景多奇異焉同上

啞齊産黄金鑿石取之其形方正不假鎔鍊同上

宿霧國有鳥毛羽五彩晝宿高峰雲霧中得之者價重連城故其國名宿霧同上

續脩臺灣府志卷十九終